세계기행 파리의 밤

검소한 藝術都市

사진·글/정영수

그리스 신전의 건축 양식을 따 온 크린트풍의 열주(列柱)가 늘어 서 있는 마들렌 성당.

사진은 칼라, 칼라는 새한

새한칼라

마들렌 성당 앞에 선 필자.

파리의 女人들은 이러한 芸術의 하아버니를 이루고 있는 화려함과는 달리 …하기 이를데 없고 가정적이다.

검소한 생활 …에서 사치품을 팔고 있는 여자들은 후줄하며 自身과 國家를 최우선으로 하는 思考方式에서 그들의 和的 안정성 …생활하고 있다. 또한 그들은 한수구성 단위 인 家庭을 최우선으로 하는 思考方式에서 그들의 和的 안정성 은 비할 바 없이 튼튼한 것이다.

일할 때는 열심히 일하고, 즐긴 때는 마음껏 즐기는 파리의 市民을 보고 나는 우리 國民도 검소하게, 그리고 개미와 같이 부지런히 일한다면 작 가정으로부터의 부강이 국가의 부강으로 스스로 연결되어 잘 살 수 있지 않을까 생각하였다.

그것은 특히 우리 나라의 家庭主婦들은 어느 나라의 여성을 보다도 忍耐力이 强한 장점을 잘 알고 있기 때문이다. 나의 배움많 앗던 파리 旅行을 끝냈다.

웃는 얼굴, 푸른 마음으로 항상 조국을 생각하며.

필자·정 영수 씨〈30·안진공사 대표〉

유명한 콩크르트 광장에서는 상제리아가
와 에트왈 개선문이 한 눈에 보인다. 특히
밤에는 적, 백, 청의 3색 조명이 매우 아
롬답다. 도로 폭 124미터.

1889년에 유명한 탑이 설계하여 에펠탑이
불리우는 이 탑은 320미터나 되
관광지로는 원로, 동신 안에서 여의도 같
고 어
있다.

마치 어렸을 때, 消風을 가는 웃는 얼굴, 푸른 마음으로 파리 旅行을 시작하였다.

파리는 내가 어렸을 때부터 憧憬하여온 곳이고 그곳에 대한 많은 이야기는 나로하여금 황홀경에 빠뜨리곤 하였다. 내가 파리를 그렇게도 憧憬하여온 罪山는 그곳은 꿈을 사는 都市라는데 있었다.

그러나 내가 막상 파리의 市街를 거닐면서 느꼈던 것은 세계 유행의 원산지이며 쌍제리아의 화려함이 아니라 歷史를 증명하는 웅장한 藝術品들이 나를 전시된 루우브르 박물관을 사로잡고 말았다. 무려 20여 만 점이나 전시된 루우브르 박물관을 나는 7時間에 걸쳐 구경을 하였지만 이보다 흥미로운 것은 어느 美國人은 7日間을 구경하였는가하면 어느 英國人은 70日間을 구경하였다는 것이다.

그러나 그들보다 프랑스 사람들은 7年間을 구경하면서도 섭섭한 藝術의 극치를 음미하기 위하여는 평생이라 할 것이라는 놀라우리만큼 착실한 國民性을 지닌데 필자는 놀랐다. 이러한 파리의 市民은 그만큼 芸術이 生活化되고 있는지도 모른다. 나의 꿈은 파리에서 모락모락 피어나고 있는지도 모른다. 특기할만한 것은 거리에는 양차 세계대전의 호적이 뚜렷한 곳이 있음에 반하여 문화재만큼은 전쟁의 그림자로곤 찾아 볼 수 없는 것이다. 이것은 文化財를 관리하는 한리나 보다 市民들의 애국심이 더욱 큰 영향을 끼친 것이라 하겠다.

空軍四人詩畫展

詩　　畫　　展

때 : 1954. 3. 18.~3. 24.
곳 : 중앙공보관

공군 4인전　　후원 : 공군본부 정훈감실, 공군대학

인사의 말씀

이름과 靜의 상태로 始作해 봅니다.

허탈한 뜻빝 속에는 메어지지 않은 思想들이 있어 肉體와 영혼을 융합한 信念을 가지고 始作하였읍니다.

思想을 찾다가 生活을 잃고 生活을 찾다가 思想마져 잃어 進路의 앞날이 머리를 덕구읍니다.

어찌 詩를 쓴다는 것부터가 허점을 느낄 적이 간혹 있읍니다.

보이는 戰場의 陳列에서 宇宙를 정복하는 힘이 우리들의 마음처럼 넓은 무대를 向해 行動하는 生命體가 아닐까요?

春光이 감돕니다. 훈풍이 감돕니다. 새싹이 돋읍니다.

그러나 레이니받은 변 광을 向해 希望의 전을 던지고 있는 것입니다. 希望은 해빛으로 화려한 것을 가져오기에 三月의 太陽에 展開되는 詩畫展은 눈부시게 빛납니다.

끝맺음, 격려하는 質的으로 도리주신 上官님들께 衷心으로 感謝함을 表明하며, 앞날을도 오셔서 저희들의 발전을에 거름을 부어 주십시오.

그에 이름과 靜의 상태로 始作해 봅니다.

1954년 3월 일

병장 김 영 태 외 3명 배례

航海의岸

丁永洙

獻詞

〈詩畵展에 부쳐〉

朴東珍

보름文學 詩畵展

창조의 結晶

조용한 讚詞

〈보름文學同人 詩會誌를보고〉

權逸松(上)

젊은 表情과 의욕을 보여

노고와 열성에 마음흐뭇

조용한 讚詞

「보름」文學 詩畵展에 부쳐

權逸松

◉ 詩畵는 視覺에 호소해야 ◉

◉ 뜨거운 발길을 보고파 ◉

詩와 繪畵의 잔치

해심 시화 전시회

〈서詩〉

밤과 개인의 마음

시일·1963. 9. 11~16.

장소·르 망 다 방

후원·《대한나이론크럽》

(서詩 丁永洙)

秋靜

丁永洙

가을이 와도
가까이 있는
가을구경 시기지 못했다

마음으로 흩을리는
外면, 圓숙의 내음
가을마당으로 앉아 있는 調和는

마음이 따라으로
빈手로 떠나도
가까이 있는 자然이므로
온갖 수다를 떠는 날개로
우리들 곁을 자리고
안개로 깊은 가을을 찾는다

봄

정해심

문에
나는 또, 이렇게 둥긍을 감사고
천미리 미크름으로 채색 하려는 마음

섬해이는 요동으로
深遠을 바라보는

니 피는 연두색 이랍니다.

연두색 짙은 바람이 일때
로만 하늘이
그녀의 봄 처럼

머저가는 촉감 끝에 간절한 아쉬움 때

꽃 앞에서 ▲詩

어느 날에든지
꽃이 웃는다면
어느 날에든지
웃이 살며시
문을 연다면은—.

제물동이 나비야
꽃을 좋아서
나를 불러일 거.

〈꽃아 피어라〉
말하지 말고
애써서 애써서 꽃을 봐
내를 기다려 터

할말 이런점
니가 모를 거
혼자서 바람소리를 불어
고요히 웃젔네.

안개 속의 새

丁永洙

안개속의 시
마음속에 파물린 숨뎔같은
하얀 작은꽃
교향악에 흔린 자상한 당신

난무한 이슬에 새벽의 천송가는
물란꽃의 향기처럼 (향기에 물든 동산처럼)
나를 시세웅하는 자심은
내일을 망각하는 마음속

세린이 지나간 언저리 에서
당신의 숨결은
나를 불사르는 愛心의 연류ㄴ에서
떠나지 않는 환상속의 얼골 그일굴

지나가 버린 피안 언저리에서
회상을 자멸시키는
안개속에 작은새
나의 기원은
안개에 끌린 당신의 마음.

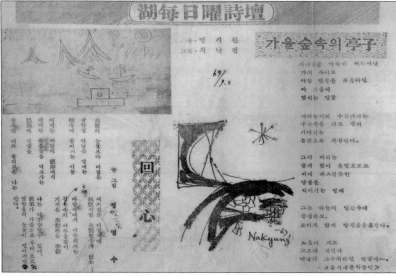

가을숲속의 亭子

글·명기찬
그림·희낙경

回心
水
Nakyung-67

지난날 아욱의 어드러낭
가지 사이로
아침 햇볕을 포옹하던
아 기슭에
벗치는 잎골

저의들끼리 수근거리는
수도속을 가르 질러
기타되는
음짓으로 서성인다.

그에 머리는
곱게 빗어 은밀으로고
비에 씨스진듯한
앙봄은
일어기는 일때

그는 하늘의 입김속에
몸설하며
보이지 않게 발걸음을옮긴다.

노을이 지고
고고가 내린마
여날에 그수처리하던 얼골이
······ 호남서대문학동인

후원: 서라벌藝術大學
空軍大學
木浦日報社
韓國롱總木浦支部
大洋書店

때: 1963. 12. 7. 13.
곳: 늘 다 방

때: 1963. 12. 7. 13.
곳: 늘 다 방

丁 永 洙

廣 場	우리들은모르고산다	友	曲
봄	來 日 의 詩	女人에서서	
白痴의歎想	목 숨	海心과波濤	
抛 物 線	하나의마음	純 潔	

물들이 물어흐린 나뭇잎들이 어딩
에서 몰아 오련날 우리를 이끌어
주믿든 부모님과 이웃에 뜨거운 情
을 뿌료내며 그날의 喜怒哀을 爲하여
출랑이 맞을 울리는 우리젊은이의 어
모앞에서 발걸음을 머물어 주시지
않으시럽니까

인 사 말 씀

일이 지버린 때끋—
아쉬운 邂逅들은 언세나 우리가슴을
흘러내릴 것입니다
찾기에 멱이거는 나뭇잎은 그대로
함께멀티저 生命을 잃운것이 아니라
밟아오는 새날을 향해 짇거움이 되
는 우리지 마음결이 하니겠읍니까

물들이 물어흐린 나뭇잎들이 어딩
에서 몰아 오련날 우리를 이끌어
주믿든 부모님과 이웃에 뜨거운 情
을 뿌료내며 그날의 喜怒哀을 爲하여
출랑이 맞을 울리는 우리젊은이의 어
모앞에서 발걸음을 머물어 주시지
않으시럽니까

詩画展

出 港

丁 永 洙 明 機 煥

詩画展

出 港

그림 崔 洛 京	찬조 徐 廷 柱	丁 永 洙 明 機 煥
丁 永 洙	金 丘 庸	

보름문학

시화전

67. 11. 17~24

무도일골다실

보름문학 시와 음악의 밤

시와음악의 초대

사 회	안 정 훈
인 사 말	차 재 석
음악감상	⟨ Beethoven ⟩ 로맨스 No 2

제 1 부

시낭독	⟨우리들은 모르고 산다⟩	정영수 작 이애리스낭독
	⟨ 봄 ⟩	정영수작 송부윤낭독
	⟨내일을 위한 시⟩	정영수작 안양순낭독
찰 로	⟨렘재명의 그집앞⟩	최 녁 경
시낭독	⟨강강수월래⟩	명기환 작 김욱 재낭독
	⟨구름다리⟩	명기환 작 이숙사낭독
	⟨ 出港 ⟩	명기환작 최득수낭독
바이올린 찰 로		권 종 열

제 2 부

건도작품	⟨추월미소⟩	서정주 작 박점자낭독
	⟨구름을 헤치며⟩	김용호작 최경희낭독
시낭독	⟨정눙주점⟩	명기 환
	⟨ 광 장 ⟩	정영수
찰 로	⟨Beethoven 내 그믈 사랑해⟩	박 향 심

뒷 말

| 출감시인의 인사말 들려주고 싶은 이야기 | 최 하 림 |

일시: 12. 13 밤8시
장소 물 다방

보름문학 동인회 시와 음악의 밤

☆ 목 차 ☆

개회사 …… 김 숭 근	노 래 …… 박 정 애
의장인사 …… 최 의 인	임 종 길 …… 국 화 송
회원소개및악보고 …… 명 기 환	이 태 송 …… 나 의 시대
詩	이 제 송 …… 쇼파에 앉아서
임 학 당 …… 쇼방으로흐르는강	김 문 석 …… 효두바다
김 홍 석 …… 손나게	최 녁 원 …… 손대
명 기 환 …… 정눙주정	박 송 호 …… 쏘시 파닿는 당민불
노 래 …… 음결자	제회사
박 동 원 …… 전 사	트럼펫 (박영수)
안 양 순 …… 이 밀	색소폰 (김 인)
차 원 계 …… 강마을
등의사 차	
박 동 원 …… 동인회 소포	
(명예회원)	
최 영 수 …… 순 정	
김 숭 근 …… 이거름을 떠나오쏘다	

보름문학 동인회 招待券

-시와음악의밤-
시일 ‥ 11월 24일
시간 ‥ PM 7시~10시
장소 ‥ 밀 물 다 실

-보름문학동인회-
⟨시와음악의밤⟩
50원

보름문학

시 화 전

보름문학

우리는 저저 중요한다
시초가 서로를 이해하
고 생활 속에서 마음
의 말을 삼아 송진의
는 인격이 스는 이자
마음 어린김게 이나겠
읍니다
기슬이 가고 수선을
여니는 계절이 물아왔
읍니다,
우리는 간장의 눈을
프로 이제지 애기들나
누는 축산의 충배비가
함원하는 마음으로 엿
아주시는 운동을 맞을
것입니다

보름문학 동인회

67. 11. 17~24
목포밀물다실

소 나 기	김 부 식	사 당 이 학	임 종 철
十月의江港		菊 花 頌	
絕 狀 哀 曲	김 승 곤	所望으로 흐르는江	임 자 방
이거리를떠나고싶다		落葉속의 가을	
兵 陵 酒 店	명 기 환	僧 渡 山	정 영 수
강 강 수 월 데		雅 歌	
獻開<詩畵展에부쳐>	박 동 철	江 마 을	차 원 제
	(명예회원)		
密 室	안 상 순	三冬 칠밤속에	서 대 선
離 別		稿 자인을	박 용 호
수정한마음되어물속에서	이 대 송	酒 時	
눈			
		—<가나다順> —	

국립중앙도서관 출판시도서목록(CIP)

잃어버린 기억 門에 걸려 있다 : 정영수 시집 / 지은이:
정영수. -- 서울 : 한누리미디어, 2014
  p. ;   cm

ISBN 978-89-7969-470-3 03810 : ₩8000

한국 현대시[韓國現代詩]

811.7-KDC5
895.715-DDC21   CIP2014003965

정영수 시집

잃어버린 기억 門에 걸려 있다

한누리미디어

안개 속의 새를 쫓다

살아온 날 후회 없느냐고 묻는다면 후회 없다 하면서도 하고 싶은 말이 있다면 의욕만 앞선 시심詩心이 부족하여 원고지에 향기 없는 꽃만 그렸습니다.

이제 나이 한 살 더 먹어 늦으나마 외도外道에서 돌아와 화원을 만들어 향기 있는 꽃에 물을 주면서 가슴에 시심詩心을 북돋우고 내가 살아있음을 주위에 알려주고 싶습니다.

시를 동반한 새로운 삶에 시상詩想이 오기를 기다리는 역할을 해 주면서 영감을 주고 추억을 기억하게 해준 옛 여인, 그림자 속 얼굴, 이별과 눈물, 그립고 고독한 마음이 산책길에 불을 밝혀 주었습니다.

내가 언젠가는 친구를 버리고 멀리 갈 때 뭔가 남겨야 한다는 책임도 있고 그리고 시집詩集이 마무리 되게 협조해 준 조강지처糟糠之妻의 남다른 노력으로 완성하게 되었습니다.

여기 모은 글은 메마른 가슴에 사랑(님, 임)이 부족하여 울부짖는 과거의 아픈 모습을 치유治癒하기 위함도 있지만 성장 과정에 암초가 많아 항해航海하기 힘든 비바람, 태풍과 눈보라 장애를 걷어버리고 마무리 삶이 아름답다고 말하고 싶고 더구나 나 자신 부족한 점 나무를 태워 숯을 만들려 합니다.

오랫동안 시심詩心을 헤매다 석양머리에서 돈오돈수頓悟頓修로 새로운 길목에서 혼魂과 접목하고 싶습니다.

내일보다 죽음이 먼저 올지 모르니까 군포생활 23년 제2고향에서 원칙을 중시한다고 비판과 반론을 질타했던 선배 후배님에게 감사하며 앞으로도 변함없는 사랑을 받고 싶습니다. 특히 멋쟁이 노신사 조병무 형님께 깊이 감사드립니다.

정 영 수

차례 Contents

제1부 | 임의 해후

제2부 | 기다림

차례 Contents

제3부 | 사랑

제4부 | 고향

차례 Contents

제5부 | 부부별곡

제1부 | 임의 해후

가족

가정에 화목한 대화가 있다면
희생을 대신할 만큼 사랑이 있어
세상에서 가장 행복한 이야기

권력의 자리도 지식의 탑도
고귀한 음식과 황금이 있어도
가족이 편하지 못하면 불행이고
사랑을 나누면 행복하지요
가난한 고민은 한 가지이지만
부자의 고민은 열 가지입니다

종교의 힘이
나를 누른다 해도
사랑만큼 나를 누를 수는 없고
어떠한 신이 나의 죽음을 강요해도
가족의 힘 앞에서는
대신 죽음으로 지킬 수 있는

큰 힘이 있답니다

공기 속에 산소가 있다는 것 모르듯
가족이 옆에서 숨 쉬고 있어도
강과 산 헤매이며 찾으려 하지만
큰 나무가 내 앞에 있다는 것을……

영산제靈山祭

영산이 움직여 바람 일면
낙엽이 바람에 춤춘다
푸름이 퇴색되어 먼지를 날리며
들판에서 마주하는 혼령

잃어버린 마음은 벌거숭이가 되어
아픔으로 기억이 돌아오고
꿈도 없는 고독한 마음은
모진 상처로 영산靈山에 머문다

보이지 않는 거울을 쳐다보면서
묘지도 없이 허공에서 헤매다
끝내 떠나지 못하고
신령神靈의 땅에서 춤추는 망혼亡魂

갈 곳을 몰라 떠돌고 떠돌다
햇살이 영롱한 지점에

영혼을 빌어 제祭를 올려
천상으로 회향廻向하여 떠나보내고

묘지에 꽃이 핀
장난감 교향악에 추억을 더듬어
망각했던 꿈 다시 일으켜
청산青山에 잠재우다

정릉 주점 이야기

임을 입술에 대듯 술에 취해
촛불 깜빡이는 주점酒店에서
장단 맞추는 나
노래 부르는 너
잊어버린 환상은 추억이 만든 주점이지
내가 만든 이야기가 아니다

대화를 죽인 고독에 미쳐 버린 나는
광대의 탈은 매양 웃음짓고 울부짖으며
술에 빠진 시인을 닮아가고 있다

인파 속에 설레는 정릉 무대는
어제의 힘이 내일의 힘에 겨워
당신 눈동자는 지금도
구슬픈 미소에 젖어
웃음을 맞으며 두 얼굴로 오고 간다

벌집만큼이나 여자를 알지 못하면
정릉 주점 이야기 치우고
치마폭 술집에서 기거寄居하는데
오락가락 나오는 노래가 술에 취했지
마음으로 취한다 해도 시장 주변은

내가 취한 여자의 이야기냐
네가 취한 남자의 이야기냐

잠이 들 때

하늘과 땅
두 눈(眼)이
가을 속에 잠이 든다

연(鳶)을 띄우고
영혼을 달래며
구름 따라 흘러간다

그 많은 추억도
포도송이처럼 매달려
기쁨을 전달하고

새싹에 희망을 걸어보고
모진 인생 희비(喜悲) 뒤로 하고
가냘픈 꿈을 키운다

바람 따라
살아온 지난날들 서성거리며
창밖은 영혼이 춤을 춘다

(1960년대)

가을 여인

가을이 와도
가까이 있는 계집에게
가을 구경시키지 못하고

마음까지 흔들리는
은밀隱密한 관계는
머리카락 사이로 흐르는 눈물

가을이 바뀌어도
빈 수레 젊음은
항상 외면하는 자세였다

가까이 서 있는 계집에게
온갖 수다로 춤추면서
가을 하늘 찾아 떠난다

고백도 못한 목소리로

가을 풍경 그리면서

낙엽 밟는 계집애와

짙은 안개로 가을을 찾아본다

임의 해후_{邂逅}

새벽에 일어난 나는
편지를 불태워 버리고
스스로 어둠을 만들어
임을 찾으려는 시간

부끄럽게 떠나보내는 마음
내가 괴로운 게 아니랍니다
사랑했던 과거를 삭발당한
그날이 무서워서입니다

내가 사는 마을의
기억을 짊어지고
종소리 울리는 시간이면
침묵 속에 임의 노래 들려오고

당신을 위한 표정은
새가 되어

사랑의 소나타를 부릅니다

당신이 나를 잉태했고
당신이 나를 사랑했고
당신이 나를 외면했습니다

당신의 흔들리는 육체는
달콤했던 흔적을 남기면서
어둠을 가르고 안개 속에 묻습니다

목포의 술맛같이 짜디 짠
석양夕陽의 언덕에서 임의 해후를
다시 점쳐보는 '나'
새벽에 일어난 나는
회심回心으로 하루를 시작합니다

(1960년대)

나를 찾아

기다림으로 목이 타
강물 다 집어 삼키고
나를 찾지 못해 슬픔 안고

사랑하는 얼굴을 등지고
암흑으로 빠지는지
광명으로 빠져 나오는지

인생항로 찾지 못한 허수아비
나도 모르게 서서히 잊혀지고
갈팡질팡 둥지를 찾지 못한다

꽃내음 취해도 꿈을 키우려
사랑에 목숨을 걸고
세상이 아름답다 변명했는데

나를 찾는다는 이름으로

모든 고통 혼자서 짊어지고
기쁨 속에 마음만 떨군다

고향 꽃길에 앉아 하늘 쳐다보고
즐거움만 담아 계절을 잊고
나도 모르는 시간 여행하면서
기억 감추고 넉살 피운다

한恨

뱃머리 뒤로 하고
잊혀진 안개 속 여인은
영혼을 치료하는 한풀이

바람 머무는 산사山寺
풍경 소리에 옷깃 스치고
구름 잠자는 계곡
비구니의 아픔만 떠 있네

잊어야 할 피멍든 가슴
잊혀지지 않고
묻힐 수 없네

병든 마음 달래지 못하고
숲속에서 혼자
한으로 맺힌 두견새

하늘과 땅 손짓하며
몸을 떨며
날아가네

북망산北邙山 가는 길

멈추어 버린 시간
꿈은 해 넘어 언덕에 걸쳐
하늘보다 더 넓은 공간
생명을 노을에 버린다

말문 닫고 싶은 마음의 상처
주고 싶은 마음의 기쁨
끝내 소생하지 못하고
살려고 가는 북망산

파도를 헤치면서
깜박이는 별을 보고
산山 두드리고 묻힌다

밥을 줘도 배가 고픈지
태엽 풀려
빈 마음 꿈속에서 손짓하네

혼자서 몸부림도 치지 못해

아주 멀리 가고

그렇게 멀리 가 버리고—

기도소리

주님은
거짓 없는 생활
진실된 삶을 살려는 가슴에
사랑을 주시고

삶의 문턱에 주저앉은
지친 나의 육신肉身
소생시켜 쉼터 주시고

나의 아집 버리게
말씀에 응답하여
나에게 맑은 영혼 주시고

소금과 빛이 되어
사랑과 생명을 전달하는
레지오 단원에게
힘을 심어

새 생명과 영광을 주시고

삶의 은총을 채워 주지 못해도
내일의 희망으로 살아가는
생명의 그림자가
작은 예수 얼굴입니다

주님
가슴을 뜨겁게
마음을 행복하게
사랑을 진실하게
항상 감사하고 축복받는
작은 예수로 노력하게 하십니다

기차역 풍경

어제의 기적 소리가
멈추어 버린 종착역에서
숨겨진 사연 찾아 떠나본다

입맛 찾아 눈으로 보는 마을 찾아
씩씩거리며 달리고
기쁘고 슬픈 추억 새기면서
긴 세월 꿈과 함께

군 입대 떠나는 풍경
님을 멀리 보내는 아픈 마음
자식 찾아가는 어머니
장터 찾아 떠도는 장돌뱅이
소주 한 잔 주거니 받거니 하며
걸쭉한 농담 끝없이 이어지는 대화
만담 같은 세상 이야기로
사람 냄새 풍기면서

대합실 등불 아래 희로애락喜怒哀樂은

만나고 헤어진 대합실

칙칙폭폭 소리에 잠들고

덜커덩 소리에 놀라 잠이 깨면

갯바람 내음 콧대를 스친다

지평선 끝 산하의 푸른 공간도

생동감 넘치는 역사를 새기고

*까만 콧물로 얼굴 적시며

기적 소리와 함께 꿈을 심었다

*60년대 석탄증기기관차는 시발점에서 종착역까지 9시
간 소요되는데 도착하면 까만 콧물이 흐른다.

겨울 연정

하늘을 밀치고
멍든 가슴을 달래야
피어나는 목소리였다

애절한 아픔 손짓해도
사랑은 하늘 닮아
석양이 되면 별들을 찾는다

눈(雪) 길 따라
제 발로 찾아간 설움은
추억에 묻힌 나를 위한 눈물인가

눈길 찾아 추억으로 가려는
보이지 않는 마음은
꽃내음에 취해 포로가 되어 울고

뿌리 없는 연정戀情으로 발버둥치면서

숨기고 싶은 여인女人을 향해
그림자도 보이지 않는 기억을 찾아
슬픈 전설만 남긴 채 문을 닫는다

웃음보다 울음이 많아
보고 싶어 헤매는 발길들은
잊어버린 추억을 찾아
눈 내리는 풍경에 젖어 본다

기도문

주님
박애博愛로 마음이 열릴 때
사랑으로 저를 찾아
영혼靈魂의 넋을 주소서

말씀 듣지 못할 때
저는 종鐘이 되어
귀를 열어 묵상하고 있습니다

가난과 추위에 떠는 자
말씀으로 풍요롭게 만들어
십자가 속에서
고행苦行으로 행복을 찾습니다

세상이 보이지 않는 자
빛이 되어 비춰 주시고
맑은 눈으로 나아갑니다

성총聖寵이 저에게 내릴 때
너는 어디 있느냐
당신의 품에 있습니다

믿음을 증거하려 이 땅에 오셔서
너는 죽었느냐……
영원永遠한 생명生命의 길로 보내주시고

죄인罪人 중 죄인으로 살다가
너는 살아 있느냐……
원죄原罪로 영생永生을 얻게 하십니다

가장 가까이 계시는 주님
너는 나를 아느냐?
십자가에 못 박힘으로 실천하심을

주님의 이름으로 죽고

주님의 광영光榮으로 살아서
생명이 살아 움직이는
십자가 길로—

엄마의 사랑

목숨이 질긴 까닭은
자식의 터 미련 놓지 못해
산사山寺에 앉아 쉼표 찍어 본다

영혼은 조각배에 앉아
마음에서 울리는 목탁 소리
금이 간 항아리처럼 쓸쓸하다

사랑이 넓은 엄마의 슬픈 미로迷路
거친 파도 속에서 기도로 키운다
바다보다 넓은 주름살로
내 몸 주고 꿈도 키운다

미처 피우지 못한 꽃
가슴에 뿌리내리며
무지개 색깔로 화려하게 보이지만
엄마는 묻어둔 비밀이 있다

모태에 생명체 키우는 엄마의 마음
두레박에서 건져내 한시도 잊지 못하고
탯줄을 끊지 못한 삶을 살다
눈물 속에 홀로 황혼 길 가는 엄마

노승老僧의 염불은 눈감고 근심만 두드리며
아픈 모습으로 떠나지 못하고
아궁이에 엄마는 사랑을 지피지만
한 번도 꺼지지 않는 따뜻한 목소리

밤으로 이어지는 고독
눈물을 바다에 뿌리면서
엄마는 춤추는 모습으로
하늘보다 더 높이 떠 있다

주름살은 죽음을 재촉하듯
신神의 종소리를 들으면서

자식 사랑 토해내고

저무는 석양노을에 서 있다

제2부 | 기다림

이야기

할아버지와 손녀가
하늘을 보면서
웃음 주면 기쁨으로
이야기하네

반짝 반짝 빛나는
희망에 넘친 밝은 별은
너의 별이고

깜박 깜박 빛나는
근심에 찬 희미한 별은
나의 별이라고

깜빡 깜빡

— 장은서(서울 신석초등학교 1학년)

깜빡 깜빡 신호등이
깜빡거린다
깜빡 깜빡 눈이
깜빡거린다
깜빡 깜빡 생각이
깜빡 잊어 버렸다

수리청소년 문학대전 시부문 최우수상(2008년)

우주

지구가 춥다고 졸라대니까
해님이 따뜻하게 해요
달이 덥다고 졸라대니까
별이 시원하게 해요

홀로 가는 길 · 1

저무는 가을
나의 운명도
겨울로 접어들면
낙엽 되어 땅속에 묻히고

노을진 언덕에서
하늘 보고 땅 보는 망령
현실로 다가오니
죽음을 거부할 수도 없고

고향 가는 길
신선이 쉬었다 가라 해도
혼신을 다해 밑거름 되리

마지막까지 최선을 다하고
멍든 마음 노을 길에 서서
삶의 향기 만든다

교만하고 잘난 척했던
과거를 되새기며 어리석음에
죽음 문턱에서 촛불 태우련다

예전에는 몰랐지만
시간이 지날수록 내 향기
아름답다는 것도 알게 되어
'홀로 가는 길' 외롭지 않다

영산도 연가

*영산도 찾아
뻘 길 걸어 본다

무녀가 흐느끼듯
바다가 춤을 추고

사랑 나누는 소리에
놀란 어패류
물질하는 해녀의
망태 속으로 들어간다

멀리 보이는 *보득솔은
수많은 슬픈 사연
비바람에 날리고

추억이 쌓이고 쌓여 갯벌 되고
밀물 비늘 반짝이며

썰물은 뱃고동 소리로 빠진다

영산도 가는
백리 길
등대가 비추고

물 위를 걸어 본다
갯냄새 마음에 담고

* 영산도 : 흑산도 옆에 있는 작은 섬
* 보득솔 : 해풍에 시달려 키가 작은 소나무

비익조比翼鳥

솔가지 나란히 앉아 임도 몰라 보고
싸늘한 웃음으로 유유히 날으려
비행하려는 신앙적인 *비익조

임의 소식 외면한 채
쓸쓸함을 통곡하며 날개를 모아
구름 속에 꿈을 심는다

강풍이 몰아치는 언덕에서
영혼을 비껴 가는 눈동자
날개 없는 세상을 모르고 산다

인간의 그림자를 닮은
새들의 푸르른 찬가는
회색빛 안개에 묻혀
전설의 꿈속에서 맴돌고

마지막 슬픈 노래로

메아리치는 울음 소리로

비익조는 하늘을 날지 못한 생명을

한없이 사랑한다

*비익조 : 날지 못하는 전설의 새

임

마음만 가까이 가지만
이야기 나눌 수 없어
활활 타는 낙엽에
얼굴이 달아오른다

임을 보는 눈동자
새벽이슬 영롱한 눈빛으로
맑은 소리로 나를 울리고

무지개 걷히기 기다리며
구름 사이로 엿보는
임을 보는 부끄러운 얼굴

사랑한다 노래하지만
우수수 떨어지는 꽃잎은
바람에 날려 허공에 묻히고

쪽배에서 맺어진 사랑놀이

멀리 밀리고 밀리어

파도소리로 빠져드네

항해航海의 서序

[아르고]의 황금 띠를 끝내 찾지 못한 채
망망한 바다를 표류漂流할지언정 끝없는 항해는
계속되어야 한다.

황금으로 내일을
병들게 하는 요즈음
반쯤 뜬 눈 얼굴이 엿보인다

축제를 조롱하는 시절
젊음의 꿈도 좌절되어
상처 안고 바람으로 항해한다

더러는 술집에서 둥지에서
어둠 속 울음으로 숨어 살다
날개를 털고 웃음으로 일어난다

생각이 이끄는 방향으로 걸어가다

연륜年輪이 흐르면 나를 또 찾아본다
소나기 오는 무지개 색깔로

혼이 없는 인생이라고
술 마시고 기억 뿌리며
상자 속으로 들어가려 한다.

항해에서 벗어나는 태풍
의자에 앉아 아픔을 지운다
자신은 이미 파도에 묻힌 영혼임을

미처 보이지 않는 보물이
말 못하는 파도 속에 묻혀
항해航海의 고독한 여인 관계를
나는 어리석음에 속아 산다

깃발 흔들며 바다 내음 맡으며

출항을 약속한 삶의 소리
내 눈에 머물러 버린 고독한 그림자

해바라기 흉내를 감내할 수 없어
먹구름 같은 시대를 저주하고
파도 소리에 울음 소리 잠긴다

생명의 소유는 내가 아니다
참 귀하고도 천한 것이어서
물 위에 떠 어디쯤 밀리고 있을까

아침이면 열매따기에 가고
저녁이면 성城을 쌓아 올려도
어제는 오늘의 바다에 잠긴다

등대 빛 따라가는 인생
뱃길에서 보물찾기에

삶에 지친 모습 감추고
천둥 소리에 놀라도 미소 지으며

거센 파도 하얀 거품도
망망茫茫하고 끝없는 바다도
깃발을 들고 전진해야 하며

젊음의 시절에
황금黃金의 시절에
빛을 찾아 떠나야 한다

(1960년대)

보통 사람의 이야기

무덤에 살았다면
풍선은 하늘에서 머물지 못해
그림에 담긴 여인처럼 머물러 있다

돈이 무엇인지
하루가 무섭게
삶이 답답하다 못해
죽어버릴 것 같고

사랑이 무엇인지
알아듣지 못한 보통사람의 이야기에
풍선만 터뜨리고 있다

설야雪夜의 홍시처럼
터질 것 같은 마음
보통 사람들 이야기는
중생이 모르는 이야기로

세월이 아픈 만큼
사바세상으로
울음 터져 바뀌어 간다

영혼靈魂은 그림자에 놀라
풍선이 터져 소멸한다 해도
처마 밑에서 풍경 소리만 듣네

기다림

햇볕에 탄 청포도와 같이
아기가 어른을 닮기에는
많은 계절을 익혀야 한다

슬픈 사연 가슴에 담는
외로운 발길들
낯선 지점에 머물러
달빛 담아 하늘을 날으고

승화시키는 마음
나를 외면하고 돌아서서
미련을 팽개쳐 버리고
기다림도 너와 함께 사라진다

꽃이 피어
꽃이 떨어질 때
사랑의 윤회는

비구니의 애절함을 숨긴 채

그러나 난一
기도로 당신을 기다리기에는
많은 눈물을 필요로 한다
발자국이 얼룩진 언저리에서

당신의 마음을 닮기에는
많은 세월을 소화시켜야 한다
갯마을 소라 같은 자세로一

사랑하는 마음

기쁨과 슬픔이
꿈과 추억으로
꽃 속에 묻힌 마음

거울 속 얼굴이
기쁜 미소 지으며
잿빛 하늘 날고

메아리친 목소리
무지개 같은 사랑으로
어항 속에 잠들어 본다

신비로운 입맞춤
조용히 흐르는 눈물
가슴만 젖네

떠난 얼굴

계절의 순환 속에
나의 메아리는 지평선 넘어
짙은 주름으로 세월을 먹고

나그네 여행은
헤어지는 사랑을 연습하듯
텅 빈 머리로 떠나고

안개 구름 열정
잊지 못해 서로의 눈을 접고
영혼을 흔드는 추억의 그림자

벌거숭이 교향곡 연주가 울리면
가면 쓰고 사랑을 넘나들고
행복한 유희 속으로
연幕을 올리고 무대 뒤로 묻힌 얼굴

너와 나

나의 작은 그릇에 한을 묻히고
너의 꿈을 가슴에 담아 잠들고

실오리로 연을 맺어
보이지 않는 인연이 되어
향香에 사무쳐 나를 잃어버린다

너와 나 낙엽에 덮인 벌레
눈부신 얼굴은 안개구름에 빠져
반쯤 뜬 눈으로 밤을 태운다

울고 웃는 가면 속의 너
돛단배 비극으로 밀리고 밀리어
사랑의 풍경을 잃어 가고

어제 차가운 얼굴
오늘 나를 달래이고

샘물이 너의 입술 적신다

돌이킬 수 없는 시절
이룰 수 없는 인연이 되어
피로 얼룩진 너와 나

방황하는 시인

시인은 항상 저주의 벽 속에서
비 내리는 날 편지를 보내는
방황하는 시인이 되어 본다

언어를 잃어버린다 해도
죽은 듯한 자태는 의연하여
눈을 감고 환상으로 글을 쓴다

사이사이로 보이는 얼굴
웃지도 울지도 못하고
피를 토하는 것이 무엇일까

소리 없는 함성으로
고독한 자와 동행하기 위하여
영혼을 숨기고 하늘을 날은다

시인은 순수한 형상 속에서

방황하다 꽃씨 뿌리지만
꿈을 잃고 들판에서 방황한다

눈 내리는 어둠의 거리
나도 모르는 비밀을 간직한 채
슬픈 텃밭 아픔만큼 가꾸면서
방황하는 시간만큼 다시 걸어 본다

전장戰場의 소곡小曲

가슴은 하늘을 향하여
분노를 고지高地에서 퍼붓는
전쟁의 훈장은
세월이 만들어 주는 주름살

일몰日沒의 산중턱 영전에는
개똥벌레 발광기 없어
혼魂은 갈 길도 찾지를 못해
캄캄한 바다에서 등대를 찾고 있다

누울 곳 없어 마음잡지 못한
적막하게 떠도는 혼령
죽어서도 죽지 않았다고 우기는
전장은 분노만 가득 차 있는 텃밭

영원한 영장永葬에서
허공을 향해

훗날의 기약을

향기로 답하리

가을 들국화 향香이라고

제3부 | 사랑

도원경桃源境

말을 잊은 채 눈을 감고
웃음으로 징검다리 건너
양지바른 해변에서
눈물로 가슴 태우네

아름다운 세상을 위하여
산 넘어 파랑새 꿈을 꾸며
기약 없이 기다리네

비탈길에 서서
오고—
가고—
보내고—
고단한 삶 속에서
즐거운 일만 생각 키우네

*도원경桃源境 같은 세상으로

온갖 기억 다 잊고

나 혼자 가네.

*도원경 : 속세를 떠난 이상향.

협주곡

우주는 껍질을 벗고
새는 바람을 가르고
신神은 우주여행을 하면서
인간은 욕망을 길들이는 협주곡

영혼은 형질 없이 현絃을 타고
너와 나는 나침반을 보면서
바람을 친구삼아 꿈을 좇아가
찬란한 꿈은 환상으로 나타나
귀향도 못하고 표류해도
현실은 그림자만 움직인다

꿈꾸는 계집의 눈(眼)에서
눈보라 태풍이 밀려 오면
죽음은 마녀의 씨앗이 되고
선녀가 마음으로 다가오면
포근한 눈(雪)이 쌓이면서

샘물 같은 열정으로 살아가고

불안과 공포가 엄습해도
함께 있다면 어떠하리오
버러지 같은 추한 모습도
분노나 미움이 사랑으로 변하면
운명으로 맞이할 수 있어
닫힌 문도 죽음이 행복으로……

신작로 길 코스모스
나그네와 나비 머무는 정류장
꽃향기에 취醉하게 만들어
영혼을 미치도록 만드는
자연의 힘이라고
인간도, 무당도, 고백한다

진실한 사랑은 동냥으로

이루어지지 않듯이
샘물 한 모금 받아 먹지 못하고
당신이 내 마음 훔쳐 보면
사랑의 방정식이 보이는데

인간으로 선택된 고해苦海
맑은 유리처럼 순수하고
두 갈래 길 행복 나들이는
희비 엉클어진 두레박 길이지만
내 마음 반란이 고통스러워도
그래도 인생은 살아볼 만한 것

사랑

보고파 눈물 흘리지만
떨어질 듯 아니 떨어지는
감동 없는 슬픈 피에로의 노래

눈물이 촉촉한 너와 나
웃음은 그대 얼굴에 묻혀
울음은 나의 가슴에 안고

당신을 마음으로 기도하여
잊어버린 내 마음 기억하는 날
벽산碧山에서 다시 꽃이 핀다
찬란한 햇살만 먹으면서

추억은 소리 없이 사라져도
나는 혼자서 개선 나팔 불고
약속도 없이 기다리면서
맑은 삶만큼 사랑도 주고

사랑가 부르는 아방궁에서
정열 향해 손 흔들고
긴 여행 꿈을 일구어
행복한 삶 만드는 밤하늘의 별

생명보다 소중한
당신과의 안개구름
몸도 마음도 파도에 떠밀려
신비스런 조화를 이룬다

낚싯줄로 사랑을 낚아
서사시로 구슬을 꿰매
어둠을 태워 빗살문 열며
담장 넘어 피어오르는 능소화
시간 속에서 흔적을 찾아보지만
아름다운 자태로
가시밭길 가는 길은

당신의 체취와 함께 가는 여행

괴로움은 바다로 보내고
별빛 찾아 떠나는 시간
불꽃 피는 사랑의 미소는
분수처럼 높이 솟구쳐 오른다

봄

티 없이 맑은 봄 처녀
추위 속에 헐벗은 당신은
봄비 기다리는 설레는 마음

새벽의 이슬에 힘이 솟고
영롱한 햇살을 받으며
봄은 아지랑이 타고 온다

적막한 베일에 가려
봄 이슬 젖은 눈물로
청산青山 닮아가는 당신

햇빛 속에 비치는 그림자
수줍은 듯 사이로 내민 얼굴
포근한 손길로 떨어지는 봄비

대지에 씨 뿌리는 마음

잊혀진 시간 속에서
우주를 불태우며
봄은 한 발짝 더 다가온다

찬바람에 인내하며 잠이 들어
남풍南風이 스쳐 오면
꽃봉오리 매듭 푸는 날

꽃이 피는 벌판에는
꽃내음 언덕을 넘어
온갖 조화를 이루면서
봄은 재잘거린다

나 · 1

비 오는 날 비밀 편지 날려
꽃잎에 앉은 물방울
기쁜 소식이 없는데
스러질 듯 넘어지지 않는
의미는 무엇일까

수수께끼 풀지 못한 슬픈 사랑
죽은 자태 얼굴이 보이는데
울지도 못하는 나
가슴으로 피를 토한다

한 세상 저버리면 그만인 걸
행복이란 그림자 속에 있어
병이란 마음에 숨겨 놓아도
사랑을 찾지 못하고 고독에 떤다

후미진 가슴에 슬픔이 있어도

비에 젖은 날개로 날아
승산 없는 갈등으로
추억은 나와 대화를 해 본다

비 내리는 고향
비린내 나는 거리
슬픔을 추억으로 간직한 채
해돋이에서 나를 흘겨본다

시간만큼 걸어 보고
살아가는 의미 생각하면서
나를 다시 찾아본다
기쁨의 씨앗을 심으려

가을 이야기

계절이 세월만큼 찾아와
꽃이 피었다 시드는
단풍의 색감色感에 취하여
마음에 병이 든 계절

당신이 다가와도
치맛자락만 펄럭이고
허공에 떠 기다리는 하루

병든 잎의 굴레에 얽매여
푸른 숲속 산에 우는 새
하늘을 향해 손짓하며
무지개와 함께 비상하는 풍경

애수도 낭만적인 것도
흔적만 남기고
푸른 하늘에 외로이 묻고 싶다

산마루에 달이 오르면
꽃가마 타고 시집 간 누이
엄마와 개똥이가 그리워
달을 보고 눈물 훔치는 가을

석양머리에서

이제는 나이 먹어 싸울 힘도
기지개 필 힘도 없다

풍상風箱도 뒤로 미룬 채
담담한 심경으로
준비해야 할 시간이다
기쁜 일 슬픈 일
업보業報 다 짊어지고
영원히 살려고
넘어가야 할 때가 된 것 같다

사과 심는 마음
이미 잊어버린 지 오래
총명하지 못하고
넉넉함이 부족하여
풍요롭지 못했던 삶
반추하는 늙은 소걸음 닮아

뚜벅 뚜벅 외로운 길
가야 할 때가 된 것 같다

소라 꿈 찾아 등대 기대어
삶을 넘보고 싶었던 시절
보고 싶은 얼굴 뒤로 하고
버려야 할 시간이 된 것 같다
석양머리에 서서

홀로 가는 길 · 2

이제 나의 흔적을
지울 때가 된 것 같다
기쁘고 슬픈 잔칫상

산 넘고 물 건너
평상에 앉아 손짓해도
잊고 홀로 가야 할 길

사랑을 위해 눈물도 흘려 보고
내 몸 위해 투병하지만
나그네 구름 속으로 사라진다

증오한 사람 화해도 없이
혼자 알몸으로 가야 하는 길
원래 빈 손으로 혼자 왔으니

가지고 있으면서 욕심 부리고

늙지 않는다고 투정 부리고
목숨에 집착해도 별 수 없고

서운한 눈물도 흘리지 않고
너 아닌 나 떨쳐 버리고
웃으면서 그냥 가야 할 길

당신 마음에 내가 있음을
기쁘고 슬픈 과거로 되돌려
나를 찾고 싶어 해도
주춤하고 바라지만 욕심일 뿐
이별 연습도 잊어버리고
홀로 가야 하는 길

시인의 여정旅情

슬픔과 기쁨이 흘러가다
고목나무에 매달려
사랑을 불태우면서
추억 속에 산다
인연이 만든 사랑으로

비바람 언덕에서 첫 행行도 못쓰고
찢고 쓰면서 토吐하고 꽃피우고
낙엽 떨어지는 쓸쓸함 찾아
펜촉으로 추억 만드는 사연
사랑이 아닌 여인과 함께 간다

나그네는 저마다 다르게
벌거벗은 몸으로 진실을 말하고
거부할 수 없는 시인의 여정은
꿈에서 발자국을 남긴다고
미소로 속삭여 준다

나와 앵무새 사이에 시인이 있고
구름 위에서 쓰는 글
아픔으로 이어져도
행복이 훤히 뚫려 있다면
느낌 그대로 시인으로 살리라

언어의 섬에 갇혀

글을 알고 나서
글쓰기가 무섭다

글을 핑계 삼아
술로 시를 그려 보기도 하고
사랑을 지어 보기도 하고
내 안에서 나를 죽이고
언어의 섬에 스스로 갇혀
침묵 속에 흐느끼며
시신詩神의 문을 두들겨도 본다

허허로운 바람소리
꽃향기의 상긋함
낙엽의 쓸쓸함도
냇물의 부드러운 흐름은
잡힐 듯 빠져 나가는 고기처럼
나의 붓은 자꾸 벗어나기만 한다

기원정사祇園精舍

*연등회煙燈會 가무로 눈을 뜨고 향香내 불에 취하여 깨닫고
*아귀餓鬼의 흔들림에 빠지더니
가을바람이 깨우네

깨닫지 못한 팔과 다리
강물에 꽁꽁 얼어붙어
희로애락喜怒哀樂이 잠재우더니
나이 먹어서야 일어나네

*탐貪 많은 중생의 무리 속에서
세월 먹어 나를 버리니
오염된 청산靑山 뒤로 하고
*사성지四聖地 찾아 기원정사 앉아보네

* 기원정사 : 중인도 사위성에 있는 부처님이 설법했던 큰 사원
* 연등회 : 등불을 켜고 춤과 노래로 기원을 비는 불교의례
*아귀 : 죽은 귀신, 영
*탐 : 욕심 부리는 행위
*사성지 : 부처님 생애와 깊은 네 곳의 인도 성지

홍매紅梅

뽐내지 않으면서 뽐내는—

가지 꺾일 깊은 밤
언 땅 헤치며 향기 잉태하고
달빛에 마음을 채색한
내 마음 붉어 붉은 홍매

혹한酷寒을 견디어 낸 꽃망울
달빛에 담구어 띄워 마시니
홍매에 취해 나 잃고 방황하다
향기에 깨어 내 마음 열어본다

선비의 소맷자락 묵墨 내음
홍매 향기를 품어
달빛 사연으로 추억 만들면
홍루紅樓에 빠져 눈물 흘리는 여인
홍매에 빠져 코를 박고 불춤 춘다

잔설殘雪에 얼굴 내미는

검버섯 고매枯梅는

숯불같이 빨갛게

숲속의 요정妖精으로

꽁꽁 언 마음 향기로 녹여준다

카멜리아 힐* · 1

그 숲 카멜리아 힐에 오른다

땀과 피가 어우러진 언덕
주인 닮은 동백은
피멍 물든 온 동산에서
선홍색 빛으로 웃는다

30여 년 세월
허허 벌판 모진 해풍 데리고
씨 뿌리는 시련

그대와 함께 일군 터전
동백나무 겨우살이는
하늘이 내린 영초라며
코를 우뚝 세운다

*camellia hill : 서귀포 소재 세계적인 동백 숲. 500종류 6
천 여 그루 보유한 식물원

제4부 | 고향

카멜리아힐* · 2

바닷가 언덕 동백올레 터 닦아
치유하는 마음으로 일구어
나무거름은 썩어 진동 속에
햇빛 찌든 눈물도
해풍海風으로 멀리 보낸다

매서운 바람 속에서 신음해도
햇살 마주보면서 붉은 속살 내밀어
춘하추동春夏秋冬 향내음 간직하며
뒤틀린 나무에 앉은 꽃부리
앉은 자리에서 몸을 풀고 있다

향이 은은한 토종 매화梅花
취하여 알근한 암매暗梅
늙은 가지에 매달린 고매枯梅
순백보다 더 하얀 백매白梅
빨간 피 토吐하는 검붉은 홍매紅梅

매화는 꿈을 헤아릴 줄 알아

은은하고 그만그만하게

시새움하듯

웃음꽃 일구며

인내로 이겨내 피어나네

뿌루퉁하게 입을 내밀면서

엷은 봄 머금고 면사포 쓴 신부

뭇 남성 가슴에 오므린 채

배시시 터뜨릴 것이다

* camellia hill : 서귀포 소재 세계적인 동백 숲. 500종류 6
천여 그루 보유한 식물원.

삼학도 전설

눈물과 열풍熱風에 폐허된 섬
귀향하는 종곡終曲이 아니고
출항하는 서곡序曲도 아닌
오는 배 가는 배 맞이하면서
강풍에 흐느끼며 떨고 있다

뱃고동 소리에 출렁이는 파도
바람 따라 삼도三島에서 맴도는 학鶴
웃는 것도 우는 것도 아닌
안개 속에서 전설의 깃발을 흔들고

길 잃은 영혼을 유혹하여
파도에 비치는
헝클어진 얼굴로
나도 모르게 발돋움친다

별을 닮아 헤매는

애절한 사랑 감추는 스님의 여정
노적봉 길목에서 이슬 맞으며
강강술래 춤으로 빙빙 돌아 본다

기억 속에 잠긴 전설은
영혼이 낙엽이 되어 기다리고
고도孤島에서 비구니 되어 꽃을 가꾸어
슬픈 추억 화폭에 뿌린다

슬픔을 파헤치다
물길 도는 삼학도에 밀려
비린내 향기 맡으면서
전설의 흔적을 낚아 본다

(1960년대)

열애熱愛

함께 할 때
애정이 이루어지고
함께 갈 때
진정한 행복이 열린다

신비한 무덤에서
안개구름 침대에서 헤매고
간지럼에 눈을 감으면
옥문玉門을 통해 내가 비춰진다

항아리에 빠져 허우적거려도
정신과 육체가 알몸을 드러내도
혼이 없이 사랑에 소용돌이치면
날지 못하는 비익조比翼鳥

열애가 신앙적으로 폄하되어도
음욕의 충동은 막을 수 없고

불타는 성욕이 타락이라 해도
목숨 다해 살아가는 길이라고

음陰과 양陽이 서로 섬기면서
꽃잎에 취해 발가숭이 늪에 빠진
심오한 행위는
뜨거운 가슴 식혀 준다

마술사의 조련으로
희열에 유두가 떨리면서
꿀샘 같은 입맞춤은
덫으로 깊이 빠져 피안에 든다

나의 천국이 어디라 묻는다면
도자기 속에 갇힌 포로
삶을 지탱한 버팀목은
야자수에 매달린 열애

항구港口

세 조각으로 나누어진 조각彫刻
유달산이 감추고 있는 나상裸像의 여인
항구에 바람이 불면
오늘밤 영혼이 내 품에서 잠든다

학이 선녀仙女와 해후할 때
소녀 시집을 보낸다는
긴 세월 전해 내려오는
침묵으로 말하는 전설

오는 사랑 가는 사랑
속고 속이는 서글픔은
안길 듯 비정함을 뒤로 하고
고향 하늘로 떼지어간다

번뇌煩惱로 무아경無我境에 빠진
보살의 도취된 얼굴 표정

학도 쉬어 가고
파도도 숨을 돌린다

먹구름 번개 쳐도 임을 만나고
천지 흔들려도 섬에서 고기 몰고
종말이 온다 해도 산에 씨 뿌리고
꿈 베틀에 북실 끼운다

삼 섬(島) 학이 지상으로 내려와
유달산에 꿈을 심어 잠들면
바람은 구름을 잠재우지 못하고
고난을 짊어지고 비상飛上한다

눈만 감으면
심장의 울림
항구에 갈려고 고동친다

광장廣場

1

부대끼는 시대時代에 나무 밑동부리에
나는 노병老兵의 존재로 오래 앉아
바람 따라 꽃씨 가루 날려
아스팔트에 둥지 치는 존재처럼
곡예曲藝를 부리는 피에로

깜깜한 무대를 헤매는 광대
때로는 기도하는 자세로
맞추지 못한 세상을 탓하면서
너와 나 광장으로 빠져 나온다

새벽에 깨어 어둠을 부수는 병사들
생사生死가 달린 갈림길에 서 있는 자세로
신비神秘한 신앙은 죽음을 모르고
전장戰場의 격전지가 의연해 보여도
폐허된 영토에는 개 짖는 소리만 들린다

네온사인 깜빡이는 음악 소리
커피 잔 속에서 병적으로 춤추다가
고달파 쓰러져 햇살에 놀란 그림자
나의 어리석은 사랑이 초조할 즈음
안개 자욱한 새벽 차車 타고 떠난다

　　　2
음침한 선술집은 불순한 체온으로
험상궂은 얼굴을 마주보고
어제의 주인은 주사酒邪로 춤추고
오늘의 주인은 주력酒力이 힘쓰는
주전자 장단 맞추는 젓가락 나그네

우리 초상肖像을 광장에서 빼앗기고
슬픔도 기쁨도 그리움도
사랑 없는 고통을 느끼면서
외로움 속에서 마음조차 빼앗기며

골짜기에는 별과 달이 뜬다

결국 이기고 지는 것도 없는데
음산한 요새要塞에서 조국을 위한다고
피 흘리며 어둠에 갇히고
덫에 걸려 생사生死 모른 채 희망에 기대어
숙명宿命으로 생각한다

창조 없는 목숨 써먹고 다할 때
바람에 날아간 연꽃 향 그릇에 담아
생로병사生老病死로 힘들 때 향香 풀어
명부전冥府殿이 보이는 산등어리에서
살풀이 춤을 춘다

3

시계가 배를 채우면
광장에 찬이슬이 내려

고추잠자리 죽을 때
역사歷史는 새벽이슬이 새롭게 내린다

말 없는 여인女人 따라간 후미진 골목길
몸에 문신 뜨고 정을 피우니
무늬뜨기로 꽃향기 사라져도
낯선 여인이 치맛자락에 수놓으면
영웅英雄이 하룻밤 환상이라 해도 좋다

노인老人은 가늠쇠의 초점이 되어
움막집에서 부활을 꿈꾸어도
삶과 죽음의 기로에서
강물은 조용히 광장으로 흘러
또 다른 광장으로 가는 고행苦行을 한다

(60년대 혼란시대)

조국

반만년 역사의 금수강산
동양의 진주를 잊지 못해
고향산천 흙 속에 묻혀 본다

시류에 밀리어 소용돌이치면서
여기 혼자 서서 허우적거린다
찬란한 발자취 남기려고

나는 번민하여 고개를 숙이면
Dinslaken의 그림자 속에서
가을 하늘 노래 부른다

당신 마음에 들려주고 싶은
떨리는 초인종 소리
당신이 어쩜 올 것 같은 그림자

슬픈 외로움에 갇혀

고향 떠올려 기도하면
침묵 속에서 울음 소리 들린다

연륜이 흐르고 흘러
살아 죽을 때까지
남은 길 보면서 씨앗이 되런다

나는 멀거니 손짓하며
민족의 넋 속에 사무쳐
파도에 밀리어 행진하여도

밀리다 구름 속으로 빠져도
마음은 꽃에 파묻혀
당신을 그린다

* 1970년 10월 3일(개천절) 독일 Dinslaken시에서 '한국
  의 밤' 개최. 시 낭독 작품

산다는 의미

허虛하고 공空한 마음
채우기 위해
술을 벗 삼아
글 쓰고 글 지우고
솟대를 다듬어 기원도 해 보고
사랑을 동냥하면서
살아가렵니다

이슬 먹고 살아가는 나
풍경을 그리면서
기쁨 맞이하고
슬픔 학대하고
인생을 토吐해 태우고 싶지만
세상에 태어난 선택이라 생각하며
그냥 살아가렵니다

애련 愛戀

마음이 무거울 때
사랑을 노래하고
외로워 슬퍼할 때
기도를 드린다

장미꽃 향기로 유혹할 때
사랑 속에 갈등이 생겨도
환상에서 벗어나지 못한
벌과 꽃의 이야기

옹달샘에 빠져 차 끓여 마시며
세속적이라 흉을 봐도
해는 달을 닮아 가고
달은 해를 따라가네

님을 순백 알몸으로 맞이해
방황하는 내 삶이 길어도

사랑을 지배하는 마녀처럼
순수한 맑은 마음에 나를 던진다

애념을 그린 긴 사랑
나를 버리면 더 고독해져
사랑의 속내 보이는 비참함은
강탈당한 내 빈 가슴 밀어낸다

단장의 사랑은 어제를 원하고
성스런 사랑은 내일을 원하고
사랑은 현재를 참는다 하지만
가시밭길에서 옹달샘을 찾는다

기쁨과 슬픔 품속의 조화 형태는 변덕
마음이 순결하면 넋을 잃은 백치
두려움에 모든 것 잃어 버려도
목숨과 바꿀 수 없다는 사랑

아픔을 채워 주고 싶어
기쁜 마음으로 꽃씨 심으며
각시방 슬픈 사연도
나뭇가지에 매달려 열매 맺는다

정말 수녀와 결혼할까
그럼 비구니와 이혼할까
아니 사랑과 이별하자

사랑 때문에 고독한 순간
깊은 꿈에 빠져 들며
쾌락과 순결은 원을 그린다

문門

열리면서 닫혀 버리는
죽음은 순서 없이
눈치 보며 머무는 삶
흙으로 가야 하는 고향의 문

태어난 감동을 느껴 보지 못한 채
내 얼굴도 알아볼 수 없는 공간에 던져
가는 길 멈추지 못해
회항回航하는 배를 타고 싶지만

죽음은 숨겨진 여운이 있어
마음이 흠뻑 젖어 벗어나고 싶지만
법칙 없이 흔들거리면서
잃어버린 기억은 문門에 걸려 있다

오욕五慾 버린 마음 앉은 자리는
구걸해도 문門은 열리지 않고

늙어 버린 검버섯 고스란히 내려놓은
본래 자리에는 껍데기만 있네

그림자도 따르지 못한 육신
내 얼굴 생소하게 느끼면서
상자에 담겨진 업業 휘두르면서
홀연히 나타난 대왕大王
매몰차게 문門을 닫는 꿈을 꾼다

나

하늘을 걸어 본다
난장판 안에 꿈이 있다는
패거리 속에 내가 보이고
천렵하는 물속에 떠 있는 것도

하늘을 이불삼아
눈물 훔치는 비구니도
지난 세월 고초를 탄식하고
숨기운 다한 구멍 난 영혼

홀연히 떠나 버린 돛단배
추억을 간직하고 버리고
사연도 흘러 또 흘러
하늘 벗 삼아 앉은 쉼터

하늘을 열어 가슴 태우고
슬픔과 행복 심호흡 가려

아픈 상처 매달려
흔적을 찾아 기쁨만 보네

오늘 해 지며 더 가까이 가고
구름 따라 땀만 뻘뻘 흘리면서
노을은 아주 멋있는 주름살로
나를 죽이는 법을 배운다

불행이 깊이 파였다면
행복은 더 크게 다가오고
슬픔도 세월이 흐르면
태양 따라 퇴색되어 간다

내 고향

소꿉동무 귀신놀이 터
혼령들 쉬어 가는 혼유석
솔방울 어디로 가고
성냥갑 포개 놓은 돌계단

소달구지 길
솔잎 땔감
등에 지고
머리에 이고

강아지풀 메뚜기 꿰어
뛰놀던 오두막집
낯선 길로 기차 들어가고
세월로 주름이 생기고
여기가 어딘가!

흙먼지 날리는 넓은 신작로

수풀 무성한 뒷동산도
코스모스 언덕 초가집
탱자나무 울타리 흔적도 없고
눈에 익은 해변 길만 있네

아랫마을 이웃 오솔길
산자락 이음줄 끊어
땅을 풀어 헤치면서
내 몸도 풀어지네

사지寺址 터 우뚝 서 있는 돌부처
한恨 맺힌 사연 달래듯
범종梵鐘 소리에 마음 추스르고
나를 되돌아 본다

내 고향은
비린내 코 끝 스치는

갯바람 부는 모퉁이에

반백半白이 되어 되돌아 본다

부도浮圖

세월에 이끼를 품은 당신
번뇌로 혼미한 수면隨眠 상태
석양의 그림자로 큰 교훈 받고
천심天心을 받아 깨우침 주시고

세월이 흘러도 혼은 살아
당신의 심장에 두근거리는 소리
사리 모시고 석상石像으로 태어나
염주 걸고 눈 감고 상주常住한다

남김없이 빈손으로 간다 해도
당신의 전음轉音으로
내 인생을 디자인하시고
생명을 불어 넣는다

부초浮草에 젖어도 흔들림 없이
사시사철 탑에 묻혀

굳은 표정은 한량없는 덕德으로
혼魂 능원은 춤을 보여주고 있다

빼어난 풍광 입구入口에
부처님 법 가르치려고
작은 거인이 존엄한 위세로
나의 갈망渴望을 풀어주고

당신의 매력은 말없이
한량없는 육바라밀六波羅密 공덕으로
오색찬란한 사리舍利로 비추어
중생의 길 등대로 앞길 안내한다

무상無相으로 태어나
중으로 승천하여
지혜를 가르치는 부도

마魔도 막고

업業도 풀고

청請도 듣고

철哲도 보고

궤軌도 타고

피안彼岸으로 가는 길

알에서 깬 병아리가
궁宮에서 애哀로 태어난 인간
나도 책임지지 못한 비극

사랑이 행복에 빠져
뿌리 찾아 헤매는 방황
수행만 찾는 임이 아니고
*겁劫을 뒤로 우주로 소풍 가는 님

씨앗부터 새싹까지 손길 닦아
가지에 매달려 꽃 향香을 피우며
고통 받는 중생 열매 맺어
큰 기둥에 매달려 추위에 시달려
임의 *가피력加被力으로 아지랑이 일고
임의 입김으로 새싹이 돋고

깨닫지 못할 때 *윤회輪廻가 되고

깨달은 자는 *업業을 짊어지고
알면서도 모른 척
*삼독三毒에 빠져 허우적거릴 때
육신과 영혼이 떠나
깨달은 것을 알 때는
내 근본은 허깨비요

불법佛法을 찾아 나에게 법을 구하고
나를 놓아 놓고
끊는 것이
나를 찾는 길이요
나를 태워 깨달음 준다면
보시布施하여 업보業報의 밑거름 되리
사랑하는 사람도 두지 말고
미워하는 사람도 두지 말고
사랑하는 사람은 이별이 두렵고
미워하는 사람은 만나서 괴롭고

늪이 없다면 평생 기다리지만
빠지면 망상의 포로가 되어
버릴 사람 없다 하지만
사랑 속에 버릴 사람 있지요

"내가 하늘을 받칠 기둥이 있으니
자루 빠진 도끼를 허락하겠느냐"
하여 설총이 태어나
지혜를 가지고 열린 마음 만들고
원효는 낙樂으로 능력을 만든 인물
낙樂은 한 푼이지만
고통苦痛은 열 푼이지요

지식과 선禪, 언어나 글이
부처를 이야기할 수 없지요
중은 밝은 관념만 지껄이고
신神을 합리화시킨 넋두리 안에

껍질을 벗길까 말까 하다 나를 찾고

희로애락 이승에서 *육바라밀六波羅密 수행하다

나를 찾고 나면 내가 없을 때

님과 대적할 수 있는 자만이

부처를 얘기할 수 있지요

욕심에 집착할 때 사랑은 아니고

진정한 사랑도 나로부터 집착하면

갈등은 마음을 비우지 못하여

사랑이 어두워 자기가 없는 것이지요

형상形狀이 시작해 색色으로 있고

형상이 끝나면 공空으로 죽고

죽음이 끝나서 시작하지만

살아 있는 것 죽은 것 존재存在가 없는 임

공은 색이요 색이 공이라네

내 영혼은 어디에서 헤매는지

지구 어느 곳 주막집에서 술장난해도

늙은 육체 썩기 전에

인과 연 끊으려고

영혼靈魂을 살려 피안으로 보내주신 임

시체가 즐비한 *아수라장阿修羅場 뒤로 하고

저승에서 해탈解脫하려고

이승 공원에 과일나무 심고

예토의 인연으로 복숭아 먹으며

이것이 있으므로 저것이 있고

이것이 멸滅하면 저것도 멸滅하여

님을 찾으면 이승 저승이 없네

나!

멀리 있는 정각正覺일 때 피안彼岸이지요

* 겁劫 : 헤아릴 수 없는 시간
* 가피加被 : 부처님 법력으로 어려움을 극복하는 것

* 윤회輪廻 : 죽음과 태어남을 무한히 반복하는 것
* 업業 : 행위하여 원인이 된 악행, 미래에 선악의 과보를 가져오는 근원이 되는 소행
* 삼독三毒 : 貪, 瞋, 痴(탐, 진, 치), 욕심, 분노, 무지
* 육바라밀六波羅密 : 보살이 실천해야 하는 육종의 실천덕 복
* 색色과 공空 : 색은 형질이 있는 것. 공은 자성이 없는 것. 결과는 같은 것
* 아수라장阿修羅場 : 피비린내 나는 전쟁터 인간人間도 아니고 천인天人도 아닌 싸움만 하는 악마

옹달샘

마음에 요부의 도화살桃花煞이 흐르고
차갑고 오만해도
뜨거운 가슴만큼은
산소 같은 여자女子
그러나 보이지 않는다

마를 날 없는 옹달샘은
속이 꽉 찬 늪의 극치
숲속 계곡 물안개에 빠져
눈 감고 황홀을 걷는다

뱀처럼 유연하게
무소처럼 지칠 줄 모르고
연軟하게 가시 꽃향기 스며들어
씹 – 거웃에 코끝 스치면
교접의 늪에 빠져 허우적거리네

사랑의 감정은 관념이 없이
리듬에 따라 움직이고
화냥년은 탕자를 기다리는
별빛에 따라 달라지는 장르
요부만이 불꽃 여인女人을 만든다

부드러운 혀는 한없이 길어
휘어감고− 덮어주고−
오르고 내리는 깊은 사랑
말랑말랑한 수축보다
내 몸에 디자인된 꽃 장식으로
퍼즐에서 미궁에 빠진 사랑방식

야행에 눈을 뜨고 진공기에 빨리어
눈짓 가늠하기 힘들어질 때
흔적 없는 사랑은 시작된다
피카소의 추상처럼 다리를 머리에 이고

선착 장터 성시盛市 지나면
날개 잃은 오색조는
블랙홀에 빠져
무거워진 몸 어디 뉘울까
마음 빼앗겨 버리면
내 보금자리 찾아 쉬리

정조는 지키려 하는 것이 아니고
안 지키려 하는 것도 아닌데
수밀도를 먹고 단추를 채워도
형질도 없는 신비한 꽃 속에
시성詩性이 숨겨 있을 줄이야

사물이 부딪치는
원초적 율동소리
어지럽게 부딪치고
엉키고 흩어지는 모습

원초적 괴성을 지르면서
본색 껍질을 벗긴다

웅달년아 화냥년아
마음 두고 떠났느냐
내 마음 갖고 도망갔느냐

제5부 | 부부별곡

부부별곡夫婦別曲

들려주고 싶은 매미 소리
듣고 싶은 맵시 소리
음률이 틀린 둥지 속에서
서로가 춤을 추게 된다

목소리 기운차게
아우성에 놀라 깃발을 들며
서로가 조롱하듯 잘도 맞춘다

부부가 분위기 다른 울림도
균형이 없이 고르지 못해도
보이지 않은 호흡에서 아우른다

감정에 이성이 있는 듯 없는 듯
숙성된 장처럼 짜디짠
향기를 품는 별곡

애처롭게 손을 놓고 가도

아픈 마음 쓸어내리면서

서로가 아름다움을 가득 채워 주고

선비의 옷깃에 묻은 묵향처럼

공존하며 부부를 지켜내니

풍상風霜을 이겨낸 고매枯梅 향내음

혼魂이 오르는 길

죽어 만난다고, 내려온다고
다짐하고 약속을 지키려 해도
혼이 가르는 길
희망希望 없는 소망消亡으로 맥이 멈춘다

망자亡者의 손에는 아무것도 없어
염라대왕 앞에서 말문 닫고
무거운 짐 내려놓고 쉬었다 가려고
문門 닫기 전에 치우려 영혼을 맡긴다

티격태격 쉼 없이 싸우면서
죽어야 사랑을 크게 피운다지만
못다 이룬 무지개 꿈
다시 태어나도 티격태격 이루리

하늘에서 부는 바람으로 꺼진 촛불
보이는 것만 믿고

믿고 싶은 것만 보여도
거역할 수 없이 하늘에서 켠 촛불

태어날 때부터 약속한
고리를 끊으려 기억이 망가져도
더운 나라 찾아 꽃피우려고
그리워하면서도 사별死別의 길로

내가 나를 빌릴 수 없듯이
자물쇠가 풀어져도 나갈 수 없고
등불 없어 떠나지 못한 영혼
영혼靈魂을 기대도 쉴 곳은 없네

숨이 가쁘고 몸은 뻣뻣해도
둥지가 보이면
혼자 가도 불안하지 않으리

과거過去와 현재現在와 미래未來도
죽음 앞에서는 보이지 않고
죽음 앞에 보이는 것도 있어
우주宇宙로 묻혀 가기 시작한다

정토淨土

하안거夏安居 우기雨期에 스님의 목탁 소리는
빗물에 씻기어 가도
화두話頭는 큰 기침으로 산을 뚫고
물을 가른다

중생의 생사업보生死業報로
태어나는 것은 죽음이 괴롭고
죽는다는 것은 태어남이 괴롭다

중생衆生이 있어야 부처님 안에 정토 있고
중생이 없으면 부처님도 생명이 없이
허수아비로 움직인다

연기로 밥을 짓듯이
목탁 소리로 중생의 배를 채워야
빛으로 그림자를 볼 수 있다

예토穢土와 정토淨土

중생이 만들고

욕망이 강한 욕계欲界

자연의 순리도

동식물이 살아가는 방식이 같아

유정有情이 머무는 경계만 다를 뿐이다

만물의 생명소生命素는 이승에서 유지되지만

갖은 욕심에 쌓인 중생은

쳇바퀴 벗어나 쉬어야 정토가 보인다

정토에 있으면 예토가 보이는 윤회輪廻로

중생은 깨우침으로 춤을 추며

정토에서 아미타 부처 사물四物을 울린다

지구에 존재한 물질과 나

자연과 공존하게 기운을 채워 주고

존재의 가치가 물질적 요소로서
최선을 다한 인간은 자연의 힘으로
진화進化하고 있으며

찰나에 불과한 삶이 변신되어
예토에서 행복을 찾아 가부좌를 틀고
부처가 정토에서 중생을 위한 기도는
인因과 연緣의 결과로 윤회로 이어진다

동안거冬安居 꽁꽁 언 설기雪期에
스님의 입김이 하늘을 녹이고
부처님 법어法語는 봄바람처럼
마른 가지에 새싹을 돋우리

닻을 내리고

주어야 내 것이 되고
빼앗아야 너의 것이 된다고 떠들고

당신만이 영원한 사랑이라고
내 안에 숨 쉬고 있음을 깨달아
사랑을 용접하지만

죽음에 얽매이지 않고
자유로이 삶을 끝내기 위해
호박벌*이 되련다

웃음 안에 눈물이
눈물 속에 웃음이
마지막 어떤 모습일지 몰라도
감정感情을 나타내지 않는다

한때는 너에게 머물고 있으면

죽음이 보이지 않았고
아파도 아프지 않고
슬퍼도 슬퍼하지 않는다

굶주린 사랑으로 항해航海하지만
구조선은 끝내 보이지 않아
나 자신이 죽음을 부른다

이제는 춘하추동春夏秋冬을 따질 때가 아니지
비가 그쳐도 좋고 눈이 내려도 좋고
추워도 더워도 선택이 없습니다

이제는 희로애락喜怒哀樂 따질 때가 지났지
인생도 사랑도 잊어버리고
과거의 생生도 막을 내리는데

이제는 행복을 논할 때가 아니지

술잔을 기울일 수 없고
내 그림자를 볼 수도 없으니까

명부적冥府籍에 내 이름 적으려
먹물 갈고 있는데
대왕 몸이 아파 이름 잊어먹었으며

삶에서 벗어나 세상과 작별하고
낡은 앨범 불사르고
당신의 배웅 속에서 죽음을

가벼이 웃으면서 행복한 미소로
새로운 세상을 향하여
생生의 마감으로 닻을 내려놓고

신神의 뜻을 거역할 수 없어
오라 하면 덤덤히 가야지요

떼쓰고 억지 부릴 때가 아니라서

* 호박벌 : 호박벌은 죽을병에 걸릴 때 주위에 피해를 주
지 않고 둥지를 떠나 혼자서 죽는다.

가을바람

여름 소나기는
나무에 잎 돋우고
가을바람은
땅 위로 떨어진 낙엽

숲속 꾀꼬리 소리 가득할 때
나뭇잎 갉아 먹는 벌레
홍시 쪼아 먹는 까마귀

취우驟雨로 쓸어내리며
옹달샘 기억 찾아 문門 열면
달밤에 길 잃은 얼굴 스친다

대나무 스산한 골짜기
뒤틀린 소나무 틈 사이로
님은 희롱하는 얼굴로
봉鳳의 날개 허공에 가두고

산기슭 굽이굽이 사랑 늘어놓고
정자亭子에 남은 보리 향 놔두고
먹장 구름 타고 가버린 너

매미는 찬이슬 맞아 울지 못해
학鶴은 천리 밖으로 가도
들국화 향香 피우면
달빛 바람 타고 오려나

시인의 일생

사랑이 끝나 추락하여도
쓰고 또 쓰고 싶다
미치도록 눈부신 창작創作을 위해

물속에서 들리는 파도 소리
마음에서 들리는 울음 소리
나의 존재로 쓰고 싶다

힘이 들어 종필終筆한다 해도
글쓰기 방황하면 할수록
시인詩人의 행보行步에 기운이 솟는다

글은 귀가 있어 울음 소리 들을 수 있고
글은 눈이 있어 파도 소리 볼 수도 있고
귓속말 속삭여 사랑 먹고 산다

순수한 마음 쉽게 사랑에 빠져

허구한 날 취해 절필絶筆한다 해도
지우개로 지워도 다시 쓴다

글쓰기에 굶주려 배고파 쓰고
휴식 취해 쓰다가 잠들어
나이듦에 글쓰기로 바치고 싶다

취해도 깨고 죽어도 금방 살아나
훔친 마음 들켜 글로 쓰면
아파도 아픔 없이 빠져도 빠져 좋다

너의 영혼 읽으려 감정 거르고
사연事緣과 감感 뽑아내 쓰고
삶의 고통 느끼면서
그림의 풍경도 보면서
소리꾼 음률로 잠이 든다

들국화

침묵으로 앉은 돌 사이
잡초 우거진
늦은 가을
찬 서리 맞고
돌보는 이 없는 산에서
홀로 피는 들국화

하늘 보고 피는 야생화
산山에서 이슬 먹고
한낮 빛 받으면서
가슴을 달래주는 사랑으로
은은한 향香 피우고
향내로 희망 주는 산국화

친구 없이 홀로
들에서 꽃봉 다듬는
외로움에 익숙한

고고한 자태는
누구를 위하여
눈빛으로 피고 있을까

기다리다 지쳐
마른 꽃잎이라 슬퍼해도
다음 계절에 꽃이 피니
아픔의 흔적
바람에 꽃향기 날리면서
눈보라 재촉한다

자작나무

무당 숲 같고 눈 탑인 것 같은
자작나무 숲은 강원도 인제
함경북도에서 러시아까지
숨결이 살아 고산高山에서 군락群落 이룬다

자작나무는 남성男性 여성女性으로 변신變身한다
꽃자루 없이 꽃으로 피워
우거진 숲에서 은은히 새싹 돋아
속과 겉 다른 순백純白의 미美로 보이지만

껍데기 허리 차고 강풍에도
끄떡 없이 버티면서
껍질 벗은 벌거숭이 모습으로
추억 속 고향으로 설경을 펼친다

자작나무는 상대에 따라서
달라지는 울음소리를 낸다

새하얀 수피樹皮가 아궁이에서
딱―딱― 소리로 귀신을 쫓아내고
자작자작 연인을 불러오고
지글지글 물 끓어
아랫목 지지는 할머니
무거운 짐 내려 벌거벗고 서 있는
자작나무한테 한 수 배운다

소복소복 눈이 쌓이면
나무도 눈을 내린다
온통 흑백黑白 사진으로
이 산 저 산 슬픔을 덮은 맑은 산山
숲에 묻힌 자작나무를 본다

화원花園

힘이 있을 때 찾았다
한 때는 온몸을 바치기도 하고
한평생 헤치고 다닌 것 같은데
향기香氣 없는 인형人形을 가슴에 묻고
나도 책임을 못 지고 묻는다

마음 바치기에 힘에 지쳐
몸뚱이 절벽에서
낙하하듯 두둥실 두둥실 떠
가라앉고 뜨는 것 모른다네
정원에 석등石燈이 꺼지면
나만 주연主演이라고

용서

어느 목사는
용서하는 자만이 복 받는
주님 마음이라 하지만
배려하고 반성 받으면서
조건 없이 용서한다고 말을 해도
함께 걸어갈 때 용서가 되고

어느 스님은
용서하는 자만이 부처님
세상으로 가는 길이라 하지만
사연 다 버리고 함께 걸어갈 때
온몸으로 공감 나누면서
서로가 껴안을 때 용서가 되지요

죽음이 배웅한다

운명이라 체념하고
인간은 죽음으로 귀착된다 하지만
새로운 사후死後 세계로 탄생하여
시작으로 맞추니까 슬퍼하기보다
기쁨으로 죽음을 배웅해야지
죽는 것도 쉽지 않고
사는 것도 쉽지 않으니

평등한 목숨이라 해도
운명이 다르니 정면을 보지 못하고
짚신 신고 수레에 끌려가고
꽃신 신고 상여에 누워가고
죽으면 한줌 재가 된다지만
땅에 묻고 하늘 오르고 사리舍利 안치安置하고

삶이라 해도 들여다보면
재앙災殃으로, 질병으로 마감하고

처형되고, 자살하고, 태어나 목숨 잃고
전쟁으로 죽고, 아사餓死하고, 벼락 맞고
물에서 땅에서 급살急煞 맞고
저주로 독살되고, 복상사腹上死까지
염라대왕은 뜻이 있어서

인간의 진화는 죽음도 같은 관념

시한부로 정해진 죽음을
모래시계로 연장한다면
생명 그 자체가 없는 것이지

죽음의 본능은 삶의 일부분이므로
죽음을 알아야 삶을 살아가는
원초적原初的 수수께끼가 보인다

느낌이 없으면 기쁨과 슬픔이 없고

감정이 없으니 죽음은 안식安息이다

죽음이 있다면 삶도 있고
죽음이 없다면 삶도 없다
죽음은 새로운 삶이니까

죽음은 삶을 지켜보고 있다

순수한 정감과 삶의 이상향

— 정영수 시집《잃어버린 기억 門에 걸려 있다》의 시세계

조 병 무

(문학평론가, 시인, 전 동덕여대 교수)

1.

정영수 시인의 시집《잃어버린 기억 門에 걸려 있다》에서 현대시가 나아가고 있는 인간 삶의 현장으로부터 파생될 수 있는 절대적인 명제가 무엇인가, 그 명제를 풀어가는 사유의 덕목은 무엇인가, 라는 문제 제기에서 비롯되고 있음을 볼 수 있다.

오늘날 현대시는 인간과 우주와 자연의 교차 속에서 머물 수 없는 정점을 찾아 나서는 방랑자의 영역에서 헤매고 있다. 그만큼 현대시가 찾아야 할 핵심 요소가 넓어졌다는 해석이다. 새로운 문명이 가져다 준 이기심이 인간의 한계를 넘어서 또 다른 관계를 형성하면서 다른 차원의 세계를 우리들에게 보여주고 있다. 그래서 문학은 인간의 정신적인 모체인 것이다.

정영수 시인의 작품을 분석하면 시인이 추구하는 새로운 피안의 세계를 향해 간절한 소망이 무엇인가 찾아 나서고 있다. 바라보는 나의 삶의 문제에서부터 자연이 주는 내면의 세계에 머물고 있는 우주의 형체에 이르기까지 다양한 문제에 접근하고 있다.

인간이 한 생애를 살아감이란 만유의 법칙에 따라 자신이라는 존재에 대한 문제를 어떻게 찾을 것인가라는 의문에서 비롯되는 것이 삶의 형상이라면 그 존재가 과연 어디에 머물고 있을 것인가를 찾아 나서는 것도 하나의 생애의 과제이기 때문이다. 이러한 과제는 시인의 영감 속에 머물고 있는 순수에 접근하여 한 편 한 편 서정의 테두리를 긴장시키고 있다. 다음과 같은 작품에서도 시인이 도달하고 싶은 새로운 세계가 도원이라는 배경을 설정하여 별천지로 도전한다.

> 말을 잊은 채 눈을 감고
> 웃음으로 징검다리 건너
> 양지바른 해변에서
> 눈물로 가슴 태우네
>
> 아름다운 세상을 위하여
> 산 넘어 파랑새 꿈을 꾸며
> 기약 없이 기다리네
>
> 비탈길에 서서

오고―
가고―
보내고―
고단한 삶 속에서
즐거운 일만 생각 키우네

*도원경桃源境 같은 세상으로
온갖 기억 다 잊고
나 혼자 가네

*도원경 : 속세를 떠난 이상향

― 〈도원경桃源境〉의 전문

 위의 작품 〈도원경桃源境〉에서 시인이 머물고 있는 세계가 별천지임을 알 수 있다. 말하자면 피안의 세계를 갈구하는 정신을 읽을 수 있다. "말을 잊은 채 눈을 감고 / 웃음으로 징검다리 건너/ 양지바른 해변에서/ 눈물로 가슴 태우네" 시인의 마음이 향하는 아름다운 세상을 위한 자신의 향방을 향한 순수한 자세와 함께 "아름다운 세상을 위하여/ 산 넘어 파랑새 꿈을 꾸며/ 기약 없이 기다리네"라는 도원을 향한 정신의 면모를 볼 수 있다.
 시인의 이러한 면모를 파악할 수 있는 시어에서 '웃음' '양지 바른' '아름다운' '파랑새' 등의 맑은 언어의 감성과 '말을 잊은 채' '눈물' '기약 없이' 라는 절실한 심정을 나타낸 시어에서 보듯 간절함을 읽을 수 있다.
 이 작품에서 시인이 평소에 갈구하는 정신적인 일면

을 볼 수 있다는 것은 도원의 세계에 대한 꿈과 자신이 향하는 자세가 무엇인가를 알려 주기 때문이다.

그래서 시인은 "비탈길에 서서/ 오고—/ 가고—/ 보내고—/ 고난한 삶 속에서/ 즐거운 일만 생각 키우네"에서 과거, 현재, 미래를 살아가고 살아올 삶에서 즐거운 일만 생각하겠다는 강한 의지의 일상이 시인의 정신의 일면이다. 그래서 시인 자신은 "도원경桃源境 같은 세상으로/ 온갖 기억 다 잊고/ 나 혼자 가네" 나란 존재가 혼자 가는 세상이 바로 도원경의 이상향임을 지향하고 있다.

인간 삶의 실상에서 그 삶의 나아가는 길이 무한한 공간의 한계에 대한 시인의 암시가 도원경의 새로운 세계를 지향한다는 자신에 대한 약속을 잘 나타내고 있다.

2.

정영수 시인의 계절은 계절의 풍족함만큼 자신을 되돌아보는 여유로움을 지닌다. 계절은 자연이라는 변화와 함께 인간의 정감을 순수로 끌어낸다. 그 여유로움과 순수는 자신을 돌아보면서 그 계절과 함께 공유하려는 심상을 읽을 수 있다. 자연의 큰 틀 속에서 지나가는 계절의 순간을 놓치지 않고 자신으로 회귀시키려는 시적 정신은 그 계절의 묶음이 갖고 있는 새로운 면모를 찾아야 한다. 시인은 계절의 이미지에 깊숙이 침잠하여 그 계절이 풍겨내는 향기는 물론 다른 의미의 미학적인 감성 속으로 자신을 동화시키고 있다. 정영수 시인이 찾는 시적 영감은 바로 그러한 동화의 세계에 몰입하여 시인 자신의 내면을 얼마나 함축하느냐 하는 문제를 인식하게 한다. 그것은 바로 동질의 정서와 순수한 심상을 일치하여 하나의 세계를 그려내고 있다.

하늘을 밀치고
멍든 가슴을 달래야
피어나는 목소리였다

애절한 아픔 손짓해도
사랑은 하늘 닮아
석양이 되면 별들을 찾는다

눈(雪) 길 따라
제 발로 찾아간 설움은
추억에 묻힌 나를 위한 눈물인가

눈길 찾아 추억으로 가려는
보이지 않는 마음은
꽃내음에 취해 포로가 되어 울고

뿌리 없는 연정戀情으로 발버둥치면서
숨기고 싶은 여인女人을 향해
그림자도 보이지 않는 기억을 찾아
슬픈 전설만 남긴 채 문을 닫는다

웃음보다 울음이 많아
보고 싶어 헤매는 발길들은
잊어버린 추억을 찾아
눈 내리는 풍경에 젖어 본다

– 〈겨울 연정〉 전문

　시인은 겨울이라는 계절적인 풍광을 바라보면서 그 풍광에서 느껴오는 심상의 언저리를 무언가 찾는 깊은 추억 속으로 자신을 회귀시키고 있다. 시가 내포하는 언어의 미적 감성은 그 언어에 함축된 이미지의 진폭이 어느 정도 공감하느냐 하는 문제가 따른다. 겨울에 느끼는 연정에서 겨울이라는 계절의 공감대를 인식해야 한다.

　눈길에 스며드는 시인의 지난 추상은 자신의 마음이라는 순수성에 그 풍경을 그려보는 것이다. 함축된 언어 속에서 겨울 연정은 '피어나는 목소리'가 된다. 무엇인가 찾아나서는 자신의 내면에는 '잊어버린 추억' 찾아 겨울이라는 계절에 자신을 맡겨 버린다. 겨울의 계절과 자신의 잊어버린 추억이 동일시하면서 다른 자아를 공감한다. 이 작품에서 시인이 보여주는 언어적 공감대는 서정의 목소리라는 점이다. 제1연에서 "하늘을 밀치고/ 멍든 가슴을 달래야/ 피어나는 목소리"에서 화자가 바라보는 시점이 자연의 이미지를 환기하는 정서가 신선하면서 주관성이 강하다는 것을 들 수 있다.

　정영수 시인은 자연과 계절 등의 이미지에서 시인이

라는 자신의 내면과 동일시하면서 새로운 추억의 일면을 조감하고 있다는 점이 특징이라고 할 것이다.

3.

정영수 시인의 작품에서 사랑의 폭은 넓다. 오늘날 메말라가는 세상의 물정 속에서 사랑이란 무엇보다도 중요한 삶의 철학이 되고 있다. 사랑이란 남녀 간의 사랑은 물론이지만 대상에 대한 강한 집착의 사랑도 잊을 수 없는 사랑이 된다. 시인의 많은 작품에서 나타난 사랑은 남녀만의 사랑의 한계가 아니라 모든 대상에서 나타나는 사랑의 정감을 그려 주었다는 점이 중요하다. 사랑이 의미하는 통시적인 동일성에 초점을 맞추면서 폭 넓은 사랑의 개념을 찾아준다. 정영수 시인의 사랑은 작품의 제목에서 보듯 〈임의 해후〉〈엄마의 사랑〉〈영산도 연가〉〈겨울 연정〉〈열애〉〈애련〉〈임〉 등 다양한 사랑의 미적 감수성을 찾아내고 있다.

1) 영산도 찾아/ 뻘 길 걸어 본다// 무녀가 흐느끼듯/ 바다가 춤을 추고// 사랑 나누는 소리에/ 놀란 어패류/ 물질하는 해녀의/ 망태 속으로 들어간다 － 〈영산도 연가〉 앞 3연

2) 기쁨과 슬픔이/ 꿈과 추억으로/ 꽃 속에 묻힌 마음// 거울 속 얼굴이/ 기쁜 미소 지으며/ 잿빛 하늘 날고// 메아리친 목소리/ 무지개 같은 사랑으로/ 어항 속에 잠들어 본

다// 신비로운 입맞춤/ 조용히 흐르는 눈물/ 가슴만 젖네

– 〈사랑하는 마음〉 전문

위의 작품 〈영산도 연가〉와 〈사랑하는 마음〉에서 보듯 영산도라는 흑산도 근처의 작은 섬에 대한 사랑과 사랑하는 사람에 대한 사랑을 느낄 수 있다. '사랑 나누는 소리'의 바다가 보여주는 이미지의 회화적인 영감과 "거울 속 얼굴이/ 기쁜 미소 지으며/ 잿빛 하늘 날고" 있는 사랑의 실상 속에 나타나는 시인의 영감은 퍽 인상적인 감동을 동반한다. 작품 〈영산도 연가〉에서 "무녀가 흐느끼듯/ 바다가 춤을 추고"에서 바다의 출렁임을 무녀의 춤에 비유하면서 이를 "사랑 나누는 소리에/ 놀란 어패류/ 물질하는 해녀의/ 망태 속으로 들어"가는 동적인 영감에서 한 폭의 회화적인 감각을 그려 볼 수 있다.

작품 〈사랑하는 마음〉에서도 "기쁨과 슬픔이/ 꿈과 추억으로/ 꽃 속에 묻힌 마음"으로 느끼는 사랑의 형상을 '기쁨' '슬픔' '꿈' '추억'이라는 감정과 무형의 추상을 도입하는 이미지를 일치시키고 있다.

현대시 작품에서 보여지는 사랑의 강도는 열정이기도 하고, 마음과 마음의 소통이 되기도 한다. 그리고 사랑이라는 정감은 서로를 이해하는 감정적인 통로이기도 하다. 정영수 시인의 사랑은 모든 삶의 대상과의 소통이라는 큰 철학을 지니면서 생활이라는 모체에서 오는 상호간의 신뢰의 표본이기도 하다. 사랑이라는 언어가 포

괄하는 의미 역시 직선적인 사랑의 길과 곡선적인 사랑의 길이 존재함을 시인의 작품에서 감지해야 한다. 시인의 작품 〈임〉에서 이러한 영상을 찾을 수 있다.

마음만 가까이 가지만
이야기 나눌 수 없어
활활 타는 낙엽에
얼굴이 달아오른다

임을 보는 눈동자
새벽이슬 영롱한 눈빛으로
맑은 소리로 나를 울리고

무지개 걷히기 기다리며
구름 사이로 엿보는
임을 보는 부끄러운 얼굴

사랑한다 노래하지만
우수수 떨어지는 꽃잎은
바람에 날려 허공에 묻히고

쪽배에서 맺어진 사랑놀이
멀리 밀리고 밀리어
파도소리로 빠져드네

　　　　　　　－ 〈임〉 전문

이 작품에서 주목해 볼 시어는 '낙엽' '눈빛' '얼굴' '꽃잎' '허공' '쪽배' '파도소리' 가 주는 각각의 '낙엽' 과 '꽃잎' 의 식물성과 '눈빛' '얼굴' 의 실상을 바라보는 사람, '쪽배' '파도소리' 가 주는 바다 이미지의 연결 관계를 조화시키고 있다. 이러한 조화로움이 보여주는 상황은 〈임〉이라는 존재감으로 다져진다. 각 연의 말미가 주는 의미 역시 '달아오른다' '나를 울리고' '부끄러운 얼굴' '묻히고' '빠져드네' 에서 동적인 강한 이미지의 틀 속으로 화자는 빠져 들고 있다.

작품 〈임〉에서 화자가 그려주는 이미지의 연속성에서 서사적인 절실함과 함께 동화되는 기법으로 임에 대한 간절함이 나타난다. 현대시에서 시어와 시어의 연결 의미에서 그 내면의 의미 축을 찾아보면 작품이 내포하고 있는 폭 넓은 시적 감동을 받을 수 있다는 것은 그만큼 현대시가 함축하고 있는 수사의 진폭이 넓기 때문이다.

4.

정영수 시인의 작품에 나타난 몇 가지의 특징을 찾아 보았다. 이러한 몇 가지의 특징 이외에 작품 〈광장〉 〈피안으로 가는 길〉에서 한 시대의 흐름의 면모와 육신과 영혼의 길을 찾아 나서는 서사적인 작품의 새로움도 정 시인의 또 다른 실험적인 요인이라고 할 것이다.

작품 〈광장〉에서 "시계가 배를 채우면/ 광장에 찬이슬 이 내려/ 고추잠자리 죽을 때/ 역사는 새벽이슬이 새롭게 내린다"와 같이 우리의 과거 어려운 60년대의 한 시대가 지나간 현실을 서사적 형식으로 그려 주고 있다.

작품 〈피안으로 가는 길〉에서 시인의 종교적인 사관을 주는 작품으로 이 작품 이외에 몇 편을 볼 수 있다. "불법佛法을 찾아 나에게 법을 구하고/ 나를 놓아 놓고/ 끊는 것이/ 나를 찾는 길이요/ 나를 태워 깨달음 준다면/ 보시布施하여 업보業報의 밑거름 되리" 불법에서 나를 찾는 시인의 정신의 일면을 볼 수 있다.

현대시에서 많은 서정적인 자아의 통찰보다 형상적인 요소에 대한 집착이 강해지는 오늘날 정영수 시인이 보여준 작품의 가치는 시인의 순수한 정감과 하나의 소재에 대한 강한 내면의 요인에서 찾는 사고의 생명력을 볼 수 있다는 점이 강점이라 할 것이다.

"심상이 가지고 있는 지각상의 여러 성질이 종래에는 지나치게 중요시되고 있다. 심상에 효과를 주는 것은 심상의 생생한 느낌보다도 감각에 특수하게 연결되어 있는 정신적인 사건으로서의 심상의 성격이다. 심상의 효과는 심상이 감각의 유물이며, 감각의 표상이라고 하는 것으로부터 생긴다"라는 I.A. 리처즈(I.A. Richards)의 어록을 끝으로 제시하며 해설을 끝낸다.

영혼이 자유로운 사람

김충곤
전「호남매일」문화부장. 전「전남일보」관리이사.
전 (재)성옥문화재단 전무이사.

  정영수 시인과 벗하며 지내온 지도 50년이 가까워진
다. 그는 대학을 서울로 간 뒤 계속 서울 사람이 됐고 나
는 직장생활의 거개를 목포와 광주에서 보냈기 때문에
죽장 붙어 지내는 세월은 많지 않았지만 밥상 앞에 있으
면 꼭 생각나는 친구여서 그는 오랜만에 만나도 서먹함
이 전혀 없다.

  내게 비해서 풍채도 좋고 고교시절 유도부장을 지낼
정도여서 완력이 세게 보이지만 그와 함께 밥을 먹어 보
면 대개의 사람들은 풍채에서 오는 영수에 대한 경계를
풀고 곧장 친해진다. 음식을 대하면 우선 그는 맛있게
먹고 잘 먹는다. 팔을 걷어붙이고 입소리도 쩝쩝거리며
격의 없이 먹는 모습이 그냥 밥맛을 돋우게도 하려니와
밥상 앞에서의 그는 퍽 자상도 하다.

"아 이거 맛있어." 하며 음식 접시를 들고 고추 먹기를 권하기도 한다. 그뿐이 아니다. 둘이서 먹을 때는 맛있는 음식일수록 아예 처음부터 젓가락으로 양을 나누고 상대방이 자기를 위해 사양하면 기어이 상대 몫을 상대에게 먹이려 했다. 식탐이 있는 것 같으면서도 절대 상대 몫을 먹어치우는 무례를 범하는 경우를 나는 아직까지 한 번도 본 적이 없다.

사람의 됨됨이를 알아보려면 화투를 쳐 보라기도 하고 어떤 이는 내기 바둑이나 내기 골프를 쳐 보라고 하지만, 나는 밥을 함께 먹어 보라고 권하고 싶다. 밥 먹는 모습이 영수와 같으면 오랜 친구로 옆에 두어도 손해 보는 일은 결코 없을 것이라 믿기 때문이다.

내가 영수와 자주 어울렸던 60년대 중반의 목포는 시가지 구성이 참 재미있게 되어 있었다. 다섯 거리로 나뉘어졌다 하여 오거리라 불리어지는 곳에서부터 반경 1km 안에 목포의 모든 것이 다 들어있었다. 법원 검찰, 경찰을 비롯한 모든 관공서, 은행, 공설시장 등 중심상가는 물론, 병원에서 극장까지, 아니다 춤추는 카바레도, 맛과 멋이 있는 요정과 목포주점에다 기차역, 선창가, 버스터미널까지 통칭 오거리 반경 안에 다 있었다 해도 틀리지 않다. 영수네 집은 그 오거리에서 지금도 상권이 살아있다는 목포극장 뒤길 죽동竹洞에 있었다.

아버지가 고생고생하며 상가商街의 요지에 가게 몇을 장만하여 한 곳은 직접 운영하고 두 곳은 세를 놓았다.

안채도 그 상업지역 골목 안에 있었으니까 영수는 부잣집 아들인 셈이다. 영수 아버지는 내놓고 하지는 않았지만 현금 실력도 대단해서 급전이 필요한 주변 상인이나 기업인들에게 돈을 융통해 주고 이자를 받기도 했다.

인근 시골 출신에다 배움도 많지 않아 그저 돈 모으고 자녀 교육에 열성이신 분이셨다. 공부 잘하는 두 딸도 남녀 구별 없이 서울 사립대에 보내면서도 영수와 그 밑 두남동생들이 공부가 딸들만 못하는 서운감도 숨기지 않으셨다.

"큰놈이 저 모양이니…" 건너건너 집 아들 친구가 명문 법대에 합격하여 동네에 현수막이 나붙을 때도 아들 공부 뒤진 것은 아녀자의 탓이라 하여 영수 어머니를 나무라는 큰소리가 담벽을 넘는 일이 예사였다. 그런 영수가 1963년 초겨울에 목포를 떠들썩하게 한 일이 있었다. 함께 서울로 대학을 간 명기환과 오거리의 다방을 빌려 '재경유학생 詩畵 2인전' 을 개최한 것이다. 대학생의 시에다 당대 한국화의 대가라 불리던 남농 허건 선생과 취당 선생, 서양화의 중진 양인옥, 강동문 선생 등 이름 있는 화가들이 그림을 그려주어 전시회를 보고 싶어 하는 목포시내 남녀 고교 문예반 학생들이 전시장 앞에 줄지어 서는 진풍경이 벌어졌던 것이다. 특히 당대의 석학이시며 대시인이신 서정주 선생님, 김구용 선생님을 모시는 대단한 시화전이었다. 당황한 학교에서는 훈육주임 회의를 열고 금기시되어 온 학생들의 다방출입을 허용해야 하느냐 마느냐를 논의하게 됐다.

학부형들과 관계기관의 여론을 수렴하여 재경유학생의 시화전은 교육상 아무 문제가 없음으로 전시기간 동안만 다방을 드나들며 관람을 허용키로 결정을 내려주었다. 영수는 단 한 번의 이 시화전으로 목포에서 유명인이 됐고 문학을 지향하는 시내 중·고 문예반 학생들에게 우상이 된 것이다.

다음해 가을 '공군 4인 시화전'을 서울 소공동 중앙공보관에서 전시하였고 군인으로서 최초라 하여 대한뉴스에 나오고 잡지 표지에 실려 유명세를 타기도 했다.

1968년 늦가을 쯤인가? 그가 불쑥 내 직장 사무실로 전화를 주었다.

"김형 오늘 저녁 술 어때?"

"어딘데?"

"목포 왔어. 내가 신문사로 갈까? 아니면 김형이 사무실 나오면서 전화 주면 내가 집 앞에 서 있던지…."

우리가 말하는 6시쯤의 술시가 되어 사무실을 나섰다. 친구는 예전의 여느 때처럼 집 앞에 나와 있었다. 가을 코트를 걸쳐 입고 서 있는 모습이 멋있게 보였다.

"국제 신사가 다 되었네?"

친구와 나는 오래도록 손을 마주잡고 흔들어댔다.

"김형 박동철 박사님 알지? 오늘은 그 형님한테 함께 가주어야겠네."

얼마 전 목포 적십자병원장을 끝으로 영수 집과 인접

해 있는 창평동에 내과의원을 개업해 성업 중인 박동철 박사는 전남대 의대를 거쳐 미국 유학파 의사로, 아는 것도 많고 또 누구와도 소통이 원활해 친근감이 뛰어난 분이어서 인사를 주고받는 사이였음으로 나는 친구의 뒤를 따랐다. 박 박사는 만나자마자,

"어이쿠 김 기자 반갑습니다. 어때요 괜찮다면 우리 집으로 갑시다. 영수가 오랜만에 고향에 왔으니 내가 김 기자와 함께 술 한 잔 하자고 청했어요. 듣기에 김 기자는 요즈음 앞 선창에 있는 동동주 빚어 파는 집에 권일송 시인과 자주 어울린다는 얘기 듣고 내가 그곳을 수소문해서 술도 구해 두었어요."

그날 밤 박동철 박사 서재에서 홍어삼합에 청요리 몇 접시를 안주삼아 통행금지 시간을 넘겨가며 셋이서 크게 취했다. 이렇게 시작한 박 사님댁 서재 모임은 한주가 멀다하고 열리면서 참석자들도 자꾸 늘어만 갔다. 박동철 박사, 최덕원 해양대 교수(순천대 총장), 차원재 교장, 이생연, 이재용 목포시청 공무원, 이태웅, 김관재, 임차랑, 안양순, 김순녀 초등교사와 명기환 중등교사, 박용호, 나준식, 박광호, 진덕환, 정영수와 나를 합쳐 17명에 이르렀다. 우리는 모임을 더해 가면서 술만 마시다 헤어질 게 아니라 돌아가면서 자작시나 애송시 한 편씩을 낭송하기로 했는데 영수는 내가 오래도록 좋아해오던 푸시킨의 〈삶이 그대를 속일지라도〉를 그 특유의 음색으로 인상 깊게 낭독했다.

모임이 끝나고 헤어지는 길을 동행하면서 나는 영수에게 말했다.

"정형 나 푸시킨의 그 시 오래 전부터 좋아해. 내가 낭독하려 했는데 왜, 남의 거 가로채는 거야? 정형은 〈박카스의 노래〉가 더 어울릴 텐데…."

"그래? 나도 오래 전부터 그 시 좋아했는데? 어떤 땐 대책 없이 마셔댄다 싶은 김형이야말로 주신酒神 〈박카스의 노래〉가 딱인데 뭘."

그는 우람한 팔로 내 어깨를 감싸며 씩 웃었다. 그날 이후 우리는 더 가까워졌고 나는 영수에게서 의외로 자상함이나 상대에 대한 배려, 또 그 특유의 밥상에서의 정스러움이 꾸밈이 아니라 일상화 되어있음도 알게 되어 격의 없이 지내게 되었다.

다음해 봄이 올 때까지 친구는 목포에 머물면서 동철 형님의 서재 모임을 『보륨문학』 동인으로 엮는 데 영수와 명귀환이가 중심 역할을 했고, 모임이 동인으로 출발하자 그는 또 소리 없이 우리 곁을 떠났다. 생활 속에 문학을 내어걸고 시작한 『보륨문학』은 해를 거듭해 6회까지 작품집을 냈고 나를 제외한 거개의 회원들이 그 시기에 아동문학가, 시인, 소설가, 수필가로 등단하는 경사도 거듭됐다.

『보륨문학』 회원의 절반 가까이가 미혼이었던 관계로 60년대 말부터 70년대 초까지 결혼관계와 직장일 등으로 모두들 바빴다. 그런데 영수 소식은 아무도 몰랐다.

"영수, 프랑스 파리에 산다던데…. 아니야, 특수업무 수행중이라던데…. 그게 아닌데, 영수 부산에 있다던데? 고등학생 때부터 누나 누나하며 좋아했던 연상의 여인이 있다는데 이건 믿을 만한 얘기야."

이런 소문이 들릴 때마다 나는 영수다운 소문이라 여겨졌다. 동에 번쩍 서에 번쩍 분주하게, 그리고 자기개발에 충실하기도 했다. 영수로서는 그럴 수도 있으리라 생각됐기 때문이다. 이렇게 소문만 무성하던 영수가 1969년 목포에 왔다고 전화 왔는데….

"김형 나 목포 왔어. 집에서 소개할 사람도 있고 하니 퇴근 후 들러줘. 식사도 같이 할 겸 기다리겠네."

목소리는 여전했다. 참 특이한 친구가 아닌가. 시간時間의 개념이나 공간空間의 개념이 단순 처리되거나 아예 그 앞에서는 싸그리 생략되어지기도 한다.

"나 경상도 여자와 결혼했네. 서울 이화여자대학 출신인데 이번에 목포여고 교사로 발령받아 내려왔어. 집안 내력과 사정도 익힐 겸 부모님 모시고 본가에서 좀 지내려 해. 저녁상 가져올 터이니 잘 보아주시게."

(후에 알았지만 결혼하는 데 부모님 반대로 애로점이 많았다고 했다.)

조금 지나 부인이 시누이와 함께 저녁상을 들고 들어왔다. 말의 억양이 서울 토박이보다 더한 서울 말씨였다. 경상도 억양은 늙어 죽을 때까지 고치지 못한다고 들었는데 그건 빈말에 지나지 않았다. 부인은 내가 보기에 적당히 곱고 아름다웠으며 여고 선생님다운 격조가 풍겼다. 소담하면서도 맛스럽게 차려진 밥상을 대하니 술 또한 제 맛이 났다. 친구는 우선 자기 옛이야기 해야 겠다며 살며시 말문을 열었다.

유년 시절에 좀 부잡스러워 아버지의 꾸지람(?)이 한 도가 지난 격한 행동에 더욱 반항아가 되기도 했다. 어 머니는 아버지의 격한 성격에 밀려 아버지의 폭력을 말 려주지 못했는데 어떤 때는 때리는 아버지보다 말려주 지 않는 어머니가 더 서러웠고 남동생들 공부 취미 없는 것도 모두 장남 탓이라며 덤터기가 씌워졌는데 그럴수 록 공부와 멀어져 대학도 당연히 좋은 곳에 들어가지 못 한 거라 했다.

"김형, 내 대학시절 남모르게 험난했어. 아버지는 우 리가 말하는 일류대학 외에는 대학 이름도 잘 모르셨고 아버지가 아는 대학 외는 대학이 없다는 것으로 알고 계 시지 않나 싶었지. 방학 때 목포 왔는데 어디 대학이냐 고 물으셨네. 엉겁결에 알고 있는 대학 이름 하나를 말 해 버린 거야. 나도 참 미쳤지?아버지 앞에 서면 주눅이 들었으니까. 아무 말씀 없이 고개를 끄덕이더니 학비를 주셨는데 나는 아무 소리 없이 받아서 서울로 향했지. 대학 생활부터 사회 생활하는 데 부모로부터 사랑을 받 지 못하여 목포에 가기 싫고 안 간다고 울먹이면서…. 이거 내 이야기만 해서 미안한데?"

"아닐세. 아무에게나 해줄 수 있는 얘기가 아닌데 터

놓고 말해 주어 고맙네. 목포이야기야 정치 빼놓고 뭐 있겠어? 정치 얘기야 서울의 자네가 더 잘 아는 거고."

영수는 비어 있는 내 술잔에 술을 따르고 자기 잔에도 술을 채웠다.

"자 한잔 쭉 들세. 술이야 목포 술이 맛있지. 우리 집 어른들 시골 친척집에 가서서 오늘 오시지 않을 거야. 마음 놓고 내 얘기나 들으며 술이나 마시세."

영수는 그날 밤 참 많은 얘기를 쏟아냈다. 거짓이 없이 진솔한 친구, 마음에 들면 간도 빼어주는 친구였다. 아버지의 기대에 미치지 못한 점도 죄스러워 했고, 그래서 좋은 며느리 보게 해서 조금이나마 위로를 드리고 싶은 마음에서 아내에게 공들인 일하며, 자기의 꾸밈없는 얘기를 받아들여 목포까지 내려와 준 아내에 대한 고마움은 평생 잊을 수 없을 거라 했다.

"아버지는 우리 3형제를 앞에 두고 이런 말씀을 자주 하셨다네. 나는 장남이건 차남이건 삼남이건 따지지 않는다. 내게 효도 잘하는 순서대로 재산을 줄 것이다."

그런데 갓 시집온 며느리와 두 동생을 앉혀두고 그 말씀을 꺼내실 때에는 아버지에 대한 서운함보다 아내에게 많이 부끄러웠고 아버지의 재산을 얻기 위해, 데려와 시집살이 시키는 게 아닌가 아내가 오해할까 몹시 두렵다고 했다.

"친구도 알다시피 우리 아버지 재산 모으기 위해 뼈아프게 고생하신 거 나도 잘 알고 있네. 그래서 아버지의 우리에 대한 기대와 집착이 남다르시다는 것도 나는 백 번을 인정하네. 하지만 아버지의 재산을 두고 목포에 살면서 두 동생들과 효도 경쟁을 한다든가 하는 것은 생각할 수도 없는 일 아닌가? 나는 얼마간 지내다 부모님을 두 동생에게 맡기고 목포를 아예 떠날 것이네. 지금도 서울 사업체 일로 주말에 목포 오기도 쉬운 일이 아니라네."

공부에는 별 취미 못 느꼈지만 시원시원히 풀어냈다. 사이사이 술도 내 잔보다 더 큰 잔으로 바꾸어 자작도 하며 마셔댔다.

"나 한 가지 물어도 돼?"

속으로 몇 번을 망설이다가 운을 떼었다.

"뭔데?"

"스님 되려고 머리 깎은 적 있어?"

친구는 나를 빤히 쳐다보며 씩 웃었다.

"아, 그 얘기? 있었어. 결혼 전 일인데 이런 저런 일로 머리를 깎았지. 그런데 중이 되는 게 쉬운 일이 아니었어. 주지스님께 절대로 마음 변치 않을 거라 몇 번을 다짐하고 사정사정해 머리를 삭발하고, 방장 큰 스님 요강 담당인 첫날이었지. 아침에 노스님 방에서 오물이 담겨진 요강을 들고 나오는데 나도 모르게 얼굴을 많이 찡그렸나 봐. 큰 스님의 똥과 오줌이 들어있는 요강을 팔을 뻗어 보다 멀리 들고 한참 떨어진 해우소로 가고 있는데 어디선가 벼락같은 소리가 났어요."

—네 이놈, 네 행투行投를 보아하니 중 되기는 벌써 틀려먹은 놈이다. 썩 나가서 네 갈 길이나 가거라.

"깎아 없어진 뒤통수를 긁으며 절문 나선 게 통영 미래사 사찰이었고 후일에 그분이 효봉 종정스님이셨네."

일상日常의 일탈逸脫이 자유롭던 사람이었다. 서울에 사업체를 둔 영수는 일 년여 남짓 서울과 목포를 바삐 왕래하더니 부인이 서울 고등학교로 발령 받아 목포생활을 정리하고 떠났다. 다시 오지 않을 생각이라더니 아예 시적市籍까지를 옮겨갔다.

그해 서울로 올라간 영수에게서 한동안 소식이 없다 싶더니 잊어 먹고 있을 때쯤 내게 외국 엽서가 날아들기 시작했다. 스위스의 몽블랑, 오스트리아의 비엔나, 독일의 뮌헨, 프랑스의 파리, 퐁네트의 다리 엽문葉文도 '야! 네덜란드의 튤립 밭은 아름답다 못해 내게 눈물을 원하네' 이런 식이었다. 외국 나들이가 쉽지 않은 세상일 때여서 몇 번은 다소 거부감도 없지 않았지만 횟수를 거듭하면서 엽서가 고맙다싶게 여겨질 만큼 의문의 사나이였다.

그 무렵 보름문학 동인들도 앞서거니 뒤서거니 목포를 떠났다. 차원재형이 서울시학교로 떠난 뒤 박용호, 나준식, 박광호, 진덕환에 이어 김순녀 선생도 서울로 시집을 갔다. 덕원형은 순천대 교수, 이태웅, 임차랑, 김관재 형들도 도시학교 10년이 가까워 인근 군소재지 학교로 전근하여 교장이 되셨다.

1973년에는 내가 10년 넘게 근무해 오던 목포일보(호남매일)가 지령 1만호를 넘기나 싶더니 6월 자진 폐간해 나도 광주로, 포항으로 생활 터를 옮겨 다녀야 했다. 『보륜문학』의 큰형 격이었던 박동철 박사님마저 1975년 고향인 제주도로 낙향하면서 『보륜』시대는 끝났다. 일자리가 바뀌고 바뀔 일자리 따라 삶의 터가 바뀌던 시절, 친구 영수와 나는 20년 가까이 만나지 못했다. 내가 목포를 비워서였겠지만 우리들의 30대나 40대 시절은 애들과 가정을 꾸리느라 모두 바쁘고 힘든 세월의 탓도 있었을 것이다.

영수의 소식은 가끔 접했다. 한때는 정무직 공무원으로 공직에 있다가 환경공사라는 사업도 차려 잘 꾸려간다 했고, 호황을 누리던 남대문시장에 납품하고, 백화점 입점과 계속해 오던 무역업으로 60여 개국을 다니면서 일찌감치 기반을 닦아 노후 들어서도 먹고 사는 일에 걱정 없는 사람이 되었다고 들었다.

교편을 잡았던 부인은 서울의 고등학교 교감을 끝으로 정년퇴임해서 공기 좋은 서울의 인근인 경기도 군포시로 옮겨 부부가 함께 지역봉사에 여념이 없다고도 했다. 부인의 내조에 친구는 날개 편 자유인이라 생각한다. 나는 일터를 바꾸며 한참 돌고 돌아 20년도 넘게 외지를 돌다 다시 목포에 와 보니 그 사이 아는 사람이 많이 줄기도 했으려니와 예전에 아는 사람도 데면데면해져 격세지감을 느끼기도 했지만 젊은 시절에 비하여 한

가로움이 더 많아져 격세지감도 그다지 싫지는 않았다.

2000년께로 기억된다. 영수가 찾아왔다. 가만있자, 그러니까 1990년 10월이었을 게다. 차원재형께서 서울시내 초등학교 교장선생님으로 재직하면서 『보륨』시대가 그리우셨던지 서울에 거주하는 옛 동인들을 불러 정례적으로 모임을 갖고 있다는 소식을 접하고 나도 그리운 얼굴들을 보고 싶어 찾아간 적이 있었다. 그때 이후이니까 10년 만에 영수와 나는 목포에서 다시 재회하는 셈이다.

"집안 문제로 목포 있다가 자네도 보고 자문도 얻고 싶은 일이 있어서 찾아왔네. 시간 좀 내주게."

"그러세. 퇴근 무렵도 되었으니 나가세. 가까운 거리에 준치회무침과 아귀찜 잘하는 집이 있는데 싫지 않으면 그리로 가세. 술도 한잔 하고 저녁도 들면서 얘기 나누세."

장소를 옮겨 앉았다.

"어머니는 연전에 돌아가셨고 아버지는 조금 편찮으시지만 살아계시네. 둘째 내외와 셋째 내외가 번갈아가며 어찌나 효성스러운지 모르신다며 무던히 좋아하시는 표정이시기에 잘 되었다 싶었는데 그게 아니셨나 봐. 평소 말씀하셨던 대로 두 아들에게 가게와 건물들을 이전해 주었는데 등기이전을 받은 후 동생네들이 발길을 뚝 끊어 버렸나 봐. 이제나 저네나 오기를 기다리다 오지 않으니 두 아들에게 속았다싶기도 하고 괘씸한 생각이 드신 거야. 우리 아버지 성격은 보통이 아니시거든. 그 재산 돌려받아 네게 줄 터이니 변호사 선임해 재판하라고 저리 성화이시네. 이를 어쩌면 좋겠는가?"

나는 친구에게 쉽게 해줄 말을 찾지 못했다. 친구도 나도 한참을 술만 들이켜댔다.

친구는 내 말을 기다렸고 나도 무슨 말이든 해 주어야 된다고 생각은 들었다.

"영수, 내가 자네 위치가 되었더라도 마음이 심란한 일일 것 같네. 하지만 아버지의 결정은 되돌리기 쉬운 일은 아닐성싶구먼. 아버지 생각대로 동생들에게서 재산을 돌려받는 것도 쉽지 않을 뿐더러 돌려받아 자네가 갖는 것도 더 생각해 볼 일 아닌가? 아버님을 잘 설득해서 형제간에 송사만큼은 일어나지 않도록 하는 게 친구 마음이 덜 다칠 거라는 생각이 드는데 이를 어쩌지?"

"친구 고맙네. 몇 번을 생각해도 할 짓이 아니라고 생각은 했는데 아버지 성화가 보통이 아니서서 어찌 하나 싶었는데 친구 말 들으니 한결 마음이 편해지네. 역시 자네 찾길 참 잘했네."

영수는 그 일이 있은 후 목포를 자주 오고 갔다. 그러니까 내 사무실에도 자주 오갔고 술, 밥도 자주 함께 했다. 영수 아버님은 얼마 살지 못하고 정리도 못한 채 운명을 달리 하셨다. 세 남매는 삼년상을 치루는 동안 꼭 일 년에 두세 차례 묘지 참배도 거르는 적이 없었다. 친구는 보기에도 듬직하려니와 심지도 곧은 사람이어서

한동안 나는 영수의 방문을 기다리는 마음으로 목포생
활을 즐기고 있었다.

2009년 8월도 다 가나 싶은 하순경, 영수로부터 꽤 긴
편지와 함께 멋내어 꾸민 초청장을 받았다. 어느 잡지사
의 추천과정을 거쳐 시인으로 등단하였는데 몇몇 지인
을 모아 식사하는 자리를 만들었으니 꼭 참석해 달라는
내용이었다. 사실 나는 군포라는 지명에 매우 생소해 있
었다. 영수가 살고 있어서 알게 된 지명이어서 호기심도
갔다. 목포사람은 나 한 사람 초청했으니 오지 않으면
좋지 못할 것이라는 엄포(?)도 있고 해서 즐거운 마음으
로 친구의 초청에 응하기로 하였다.

그날 행사장에서 나는 친구에 대하여 적지 않은 놀라
움을 받았고 또 친구를 다시 보게 되는 계기를 얻기도
했다. 우선 친구에 대한 간단한 약력 소개 순서가 있었
는데 그 약력이 간단치가 않았다. 내가 여기서 간단치가
않다고 하는 것은 그가 참여하고, 참여해온 단체들이 무
슨 얼굴내기나 관변의 들러리와는 거리가 먼, 자기 것을
내어 도움을 주거나 자기 발품을 열심히 팔아야 하는 시
민단체 참여가 거의 다라는 것이었다. 십시일반, 자기
것을 내어 어려운 환경의 학생들에게 학자금을 주는 장
학회 사업과 장애인을 후원하면서 유마회 회장으로서
종교 활동까지 열심히 했다는 것을 듣고 놀라웠다.

어려운 사람들에게 일자리를 만들어 주는 일, 여건이
열악한 문화단체, 예술 공연인들에게 베풀면서 일정액

의 자기 돈을 기부해 오는 일을 계속하고 있었다. 부인
역시 교직 퇴임 이후부터 오랫동안 군포시 여성단체와
각급 학교 학부모를 대상으로 여성 예절교육과 우리나
라 고유의 전통차 전수에 앞장서 경기도지사와 여러 사
회단체로부터 수없이 공로 · 감사패를 받아온 터였다.
많은 사람들이 친구의 시인 등단과 부부의 지역사랑에
대한 노고에 위로를 전하고 감사하는 모습을 보면서 참
영수는 잘 살아왔구나, 잘 살아가고 있구나 생각하며 부
러운 마음 금할 길이 없었다.

　친구의 시작詩作은 1960년으로 거슬러 올라간다. 그의
나이 열일곱 고등학생 신분으로 목포일보 신춘문예 입
선 이후 그는 계속 시를 써왔는데 중년 이후 시작詩作을
잊고 사는 줄 알았는데 노년에 이르러 다시 시를 발표해
왔다. 그는 가끔씩 내게 자기가 쓴 시를 쪽글 전하듯 전
해 주곤 했다. 더러는 군포신문에 발표된 신문을 우송해
주기도 했다.

　"한 번 읽어봐."

　자작시를 계면쩍어 하며 손에 쥐어주거나 책상 위에
얹어놓을 때 영수의 얼굴은 사춘기 소년처럼 해맑게 붉
어 있었다. 나는 시에 대해서 공부하거나 시를 써 본 적
이 없다. 옛 목포일보(호남매일) 시절의 10년 세월 외에
는 글 쓰는 것은 고사하고 읽기에도 시간에 쫓기는 생활
을 해 왔다. 전남일보 10년 시절 역시 창간요원으로 참
여해 경영관리직에서 일했기 때문에 남의 시나 글을 평

읽어버린 기억 門에 걸려 있다　**197**

하는 건 턱없는 일이지만, 해묵은 친구 영수의 시는 그런 부담감 없이 재미있게 잘 받아 읽었다. 우선 영수는 오래된 친구이기 때문에 그의 시심詩心을 어느 정도 가늠할 수 있었고 시가 늘 내게는 감칠맛을 주었다. 영수의 시 〈옹달샘〉에서 몇 줄을 옮겨 보자.

　　사물이 부딪치는
　　원초적 율동소리
　　어지럽게 부딪치고
　　엉키고 흩어지는 모습
　　원초적 괴성을 지르면서
　　본색 껍질을 벗긴다

　　옹달년아 화냥년아
　　마음 두고 떠났느냐
　　내 마음 갖고 도망갔느냐

　괴성 지르며 본색 껍질 벗는 시음詩音이 뜨거운 감칠맛으로 와 닿지 않는가? 떠나간 정녀情女 뒤에 어찌할 줄 몰라 하는 시인을 보는 듯하다.
　또 보자. 시 〈정토淨土〉에서 마지막 연에 이르면,

　　동안거冬安居 꽁꽁 언 설기雪期에
　　스님의 입김이 하늘을 녹이고

부처님 법어法語는 봄바람처럼
마른 가지에 새싹을 돋우리

　혹은 떠나간 여인에게서 아니면 혼탁한 세상 삶에서
가까스로 자기를 찾는 모습, 또한 선연한 선시禪詩가 아
닐는지. 나는 친구를 천생 시인일 수밖에 없는 사람이라
고 늘 생각해 왔다.
　그의 첫 아호雅號가 해심海心이라는 것도 우연은 아닐
터. 이제 그의 나이도 진작에 칠순을 넘겼고 시집도 한
권 갖게 되었으니 무겁고 번거로운 짐 있거든 벗고, 놓
고, 잊고 그저 심지心志 같은 시우詩友들과 넓고 넓은 시
의 바다에서 지국총 지국총 시나 낚으며 남은 생生 건강
챙기며 늘 영일寧日하기를 바란다. 신의를 저버리지 않
은 내 친구 영수의 시집 발간을 거듭거듭 축하한다.

정영수 시집

잃어버린 기억 門에 걸려 있다

•

지은이 / 정영수
발행인 / 김재엽
발행처 / **한누리미디어**
디자인 / 지선숙

•

121-840, 서울시 마포구 잔다리로 35 서원빌딩 2층
전화 / (02)379-4514, 379-4519
Fax / (02)379-4516
E-mail/hannury2003@hanmail.net

•

신고번호 / 제300-2006-61호
등록일 / 1993. 11. 4

•

초판발행일 / 2014년 2월 10일

•

ⓒ 2014 정영수 Printed in KOREA

•

값 8,000원

•

※잘못된 책은 바꿔드립니다.

•

ISBN 978-89-7969-470-3   03810